# CUENTOS DE AVEROIGNE

## TODOS LOS CUENTOS DE AVEROIGNE DE

# CLARK ASHTON SMITH

Traducción de Enric Navarro

Edición de Edward Stasheff

Comprar **eBook**::

| | |
|---|---|
| Amazon Kindle : | http://tinyurl.com/CuentosDeAveroigne-kindle |
| Barnes & Noble Nook : | http://tinyurl.com/CuentosDeAveroigne-nook |
| Google Play : | http://tinyurl.com/CuentosDeAveroigne-google |
| Apple iBooks : | http://tinyurl.com/CuentosDeAveroigne-apple |
| Kobo libros electronico : | http://tinyurl.com/CuentosDeAveroigne–kobo |

# INFORMACIÓN REGISTRADA

# ÍNDICE

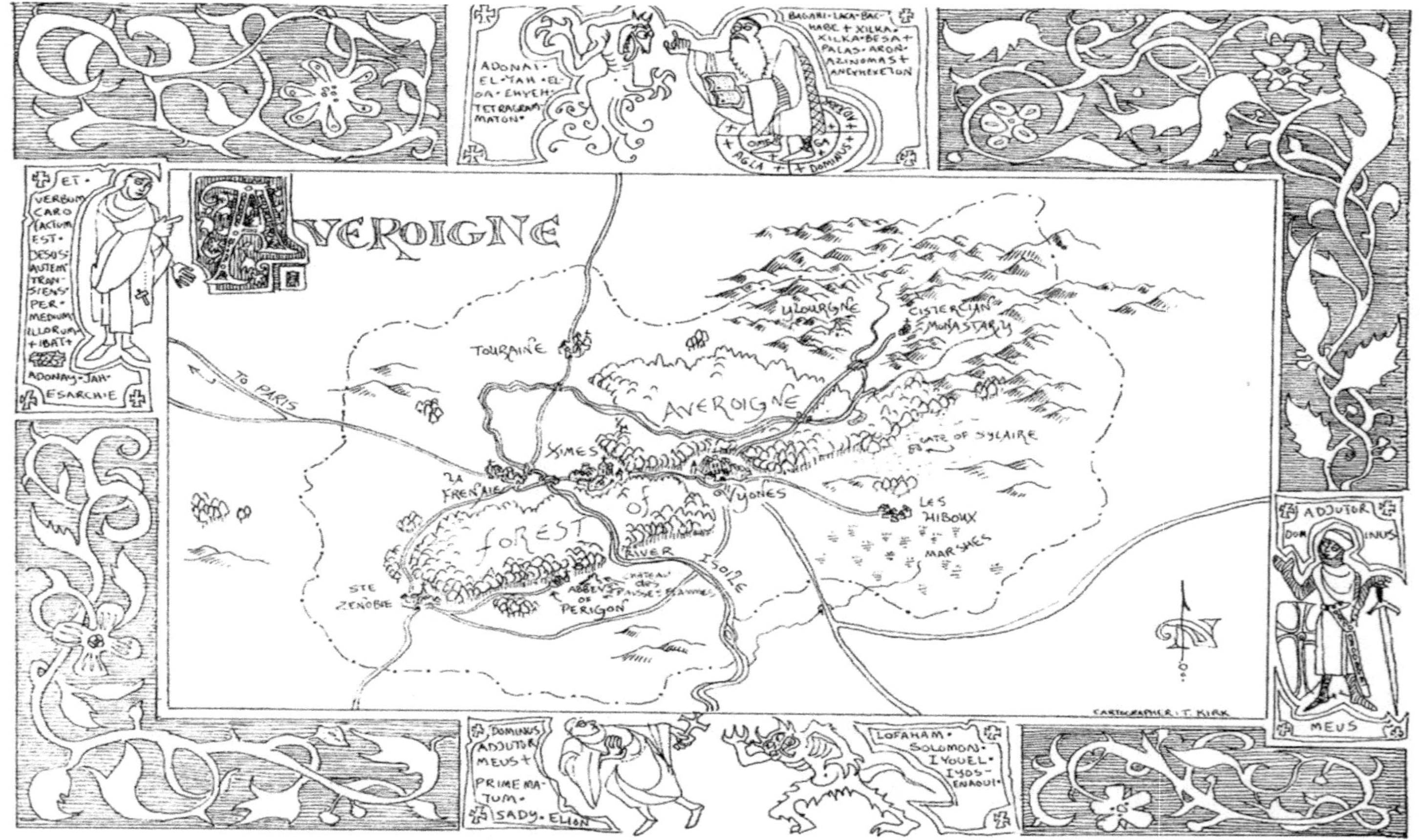

AVEROIGNE
CARTOGRAPHER: T. KIRK
ULOURGNE
CISTERCIAN MONASTARY
TOURAINE
TO PARIS
AVEROIGNE
GATE OF SYLAIRE
XIMES
VYONES
LES HIBOUX
MARSHES
LA FRENAIE
FOREST OF
RIVER ISOILE
CHATEAU DES FAUSSES FLAMMES
ABBEY OF PERIGON
STE ZENOBE
N
ADONAI · EL·YAH · EL· OA · EHYEH · TETRAGRAM MATON·
BAGARI · LACA · BAC · HACE + XILKA · XILKA · BESA + PALAS · ARON · AZINOMAS + ANEPHEXETON
ONE + AGLA + DOMINUS
ET · VERBUM CARO FACTUM EST · DESOS AUTEM TRAN SIENS PER MEDUM ILLORUM + IBAT + ADONAY · JAH · ESARCHE
ADJUTOR DOMINUS MEUS
DOMINUS ADJUTOR MEUS + PRIME MA TUM SADY ELION
LOFAHAM · SOLOMON · I YOUEL · IYOS · ENAOUI·

# LOS BOSQUES DE AVEROIGNE

(inspirado por las historias de Clark Ashton Smith)

*escrito por Grace Stillman*
*traducido por Javier Jiménez Barco*

En lo más profundo de los bosques de Averoigne
El duende, el sátiro y también el hombre lobo,
El demonio y el vampiro un festín se dan:
Las fuerzas de la hechicería lo empapan todo
Incluso el follaje del robledal;
Hayas y pinos, en una decadencia sin fin
Alzan sus ramas de ósea palidez
Bajo un cadavérico cielo gris.
El Mal habita aquí, en Averoigne:
Un Mal que del todo no se llega a vislumbrar;
Un Mal cuya presencia parece lograr,
En una extraña sumisión aferrarme sin cesar:
Y aun sabiéndolo, mis pies, a tientas, se obligan a avanzar
Hasta su recóndita y poderosa maldad;
Me arrastro empavorecido y contra mi voluntad
Hasta lo más profundo de los bosques de Averoigne.

[1934]

# MAMÁ SAPO

—¿POR QUÉ siempre tienes tanta prisa, mi pequeñín? —la voz de Mamá Antoinette, la bruja, sonó amorosamente rasposa. Guiñó el ojo a Pierre, el joven aprendiz del boticario, con sus ojos saltones y sin parpadear, como los de un sapo. Los pliegues debajo de su barbilla se hinchaban y deshinchaban a la manera de un gran batracio. Cuando se inclinó y acercó el rostro al del joven, de su raída toga sobresalieron unos enormes pechos, pálidos como el estómago de las ranas.

El chico no dijo nada y ella se aproximó aún más hasta que le pudo notar, en el hueco de los senos, una humedad que brillaba como el rocío de los pantanos... como las babas de un anfibio... una humedad que parecía albergarse allí perpetuamente. La bruja siguió hablando con su tono engatusadoramente áspero.

—Quédate un poquito más esta noche, mi corderito desvalido. Nadie se dará cuenta en el pueblo. Y a tu maestro no le importará.

Atrajo a Pierre hacia ella con sus trémulos pliegues de grasa. Sus dedos cortos y planos le tomaron una de las manos. Daban la impresión de estar unidos por una membrana. Se la llevó a uno de los pechos. Pierre retiró la mano y se apartó discretamente. Más por repulsa que por vergüenza, desvió la mirada. La bruja le doblaba sobradamente en edad, encontraba sus encantos demasiado bruscos y groseros para que lo llegasen a tentar. Aparte, su reputación como hechicera era tal que habría reaccionado igual si se hubiera tratado de una mujer más joven y hermosa. Sus prácticas la convertían en un ser temible para la gente del común de aquella apartada provincia, donde se seguía creyendo en hechizos y filtros. La llamaban Mamá Sapo por varios motivos. Los sapos se arremolinaban masivamente en torno a su cabaña, se decía que eran parientes suyos. Circulaban rumores de su relación con la hechicera, de que les encargaba misiones. Todas aquellas historias resultaban muy creíbles entre el pueblo a causa del notable parecido con los batracios que guardaban sus facciones.

A Pierre le parecía repulsiva, del mismo modo que le repelían los enormes sapos que en ocasiones encontraba al anochecer, en el sendero que unía la cabaña de la bruja con el pueblo de Les Hiboux. En aquellos instantes percibió el croar de varios de ellos. Por algún extraño motivo, le dio la impresión de que el croar imitaba en cierto modo las palabras de la bruja. Se dijo a sí mismo que pronto anochecería. Recorrer el sendero de noche entre los páramos no era precisamente una experiencia agradable. Por eso aumentaron sus deseos de marcharse cuanto antes. Sin contestar a la invitación de Mamá Antoniette, tomó el frasco triangular negro que había sobre la sucia mesa. Contenía un filtro de peculiares propiedades que su maestro, Alain le Dindon, le había encargado que fuese a buscar. Le Dindon, el boticario de la aldea, solía recurrir a ciertas pócimas de procedencia dudosa que le suministraba la bruja y Pierre frecuentaba la cabaña para cumplir sus recados. El viejo boticario, rudo y obsceno, en ocasiones se metía con Pierre a causa de la predilección que le manifestaba Mamá Antoinette. "Una de estas noches, hijo mío, te quedarás en su cabaña", se burlaba. "Ándate con ojo o el Gran Sapo te estrujará." Cuando se dio la vuelta para iniciar el regreso al pueblo, el muchacho se enojó al acordarse de esas palabras.

—Quédate —insistió Mamá Antoinette—. La niebla es fría en el páramo y se espesa con rapidez. Como sabía que vendrías a verme, he calentado con especias, para ti, una buena jarra de tinto de Ximes.

Retiró la tapa de una jarra de barro y vertió su contenido en una gran copa. El tinto humeaba deliciosamente; la cabaña se impregnó con el olor de las especias, anulando los efluvios menos atrayentes de un caldero que hervía, a fuego lento, tritones medio desecados, víboras, alas de murciélago, hierbajos nauseabundos que pendían de los muros, así como el tufo de las oscuras velas de sebo y brea que siempre ardían, de día y de noche, en el lóbrego interior de la vivienda.

—Beberé un poco —accedió Pierre no sin recelos—. Siempre y cuando no contenga ninguna de vuestras pociones.

—Solo se trata de un magnífico vino, cosecha de hace cuatro años, aderezado con especias de Arabia —repuso la hechicera con tono meloso—. Calentará tu estómago... y... —cuando Pierre finalmente aceptó la copa, añadió algo inaudible.

Antes de tomar el contenido, inhaló los vapores con ciertas precauciones; sin embargo, el magnífico aroma del caldo lo tranquilizó por completo. No contenía ninguna sustancia sospechosa, ningún filtro brujeril: por lo que tenía entendido, los preparados de la hechicera olían terriblemente mal. Aun así, como avisado por un sexto sentido, dudó. Entonces se acordó de que el aire del atardecer era realmente frío; que a medida que se había aproximado a la cabaña, la bruma se había tejido a sus espaldas. El vino lo reconfortaría, le vendría muy bien para afrontar el regreso a Les Hiboux. Apuró el contenido de un trago y dejó la copa sobre la mesa.

—Es verdad, está muy bueno —reconoció—. Pero ya es hora de que me vaya.

Mientras hablaba, sintió el calor del alcohol y las especias recorriéndole las venas y llegándole al estómago... y también el calor de algo más ardiente. Percibió su propia voz como muy distante, irreal, como si hablara desde un lugar muy elevado. El calor arreció para envolverlo cual llamas doradas nutridas por combustibles mágicos. La sangre, furibundo torrente, circulaba cada vez con más frenesí por su cuerpo. A sus oídos llegaba un suave pero profundo estruendo y la mirada se le sumió en un plácido desconcierto. De algún modo, la cabaña semejó aumentar de tamaño y todo resplandeció a su alrededor. Apenas si reconocía el desastrado mobiliario, la acumulación de siniestros desperdicios iluminados por el exultante esplendor de velas negras cuyas llamas despedían un fuego vibrante que se elevaba e hinchaba en la suave oscuridad hasta cobrar dimensiones colosales. La sangre le bullía como al compás de las llamas. Por un instante pensó que había caído presa de un hechizo, provocado por el vino de la bruja. Le entró un miedo terrible, solo tenía ganas de largarse cuanto antes. Entonces reparó en que tenía a su lado, muy cerca, a Mamá Antoinette.

Se maravilló del cambio que había experimentado la mujer. El temor y la sorpresa se desvanecieron al unísono, junto con su antigua repulsión. Comprendió por qué aquel ardor mágico iba in crescendo en su interior, por qué la carne le palpitaba como las llamas de las velas: la falda raída yacía a sus pies, la tenía delante de él completamente desnuda como Lilith, la primera de las brujas. Su deforme e hinchado cuerpo se había tornado voluptuoso; los carnosos labios eran la promesa de besos cuya pasión jamás conseguirían emular otros labios. Los huecos de sus cortos y gruesos brazos, la concavidad de sus voluminosos y caídos senos, las marcadas arrugas del rostro, los deformes bultos sebosos de caderas y piernas, eran un borroso recuerdo sustituido por unas formas rebosantes de encanto y seducción.

—Y ahora, ¿te gusto, mi pequeñín? —preguntó.

Cuando ella lo atrajo hacia su pecho para estrecharlo fuertemente no se apartó, sino que fue a su encuentro con las manos ardientes de pasión. Los miembros de la mujer estaban fríos y húmedos; sus pechos cedieron como los hierbajos sobre el lecho de una ciénaga. Su cuerpo era pálido y carecía de vello; sin embargo, en algunas zonas destacaba una peculiar irregularidad... como la piel de un sapo... cosa que, en lugar de extinguirle el deseo, se lo exacerbó aún más.

Era una mujer tan voluminosa que apenas conseguía tocarse los dedos al rodearla con los brazos. Sus dos manos juntas apenas si abarcaban un solo seno. Pero el vino había trastornado su sangre con emponzoñado ardor. Lo condujo a un lecho que había junto al hogar, en el que un enorme caldero bullía enigmáticamente emanando vapores en extrañas y retorcidas espirales de humo que sugerían figuras tan ambiguas como obscenas. El lecho estaba raído y medio destartalado, pero la carne de la hechicera era como una montaña de grandes y mullidos cojines...

Pierre se despertó al amanecer, cuando las grandes y negras velas se habían consumido del todo. Mareado y confuso, en vano intentó recordar dónde se hallaba y qué había sucedido. Y entonces, al girarse un poco, a su lado y sobre el lecho vio un ser de pesadilla, una figura en forma de sapo tan grande como una mujer obesa. Las extremidades remitían vagamente a las piernas y brazos de una hembra. Aquel cuerpo lleno de verrugas se hinchó y lo atrajo, y notó la suavidad de algo redondeado que de algún modo remitía a un pecho.

Le asaltaron las náuseas a medida que se le desperezaron los recuerdos de la noche transcurrida en la cabaña. La bruja lo había engañado vilmente y él había cedido a sus maléficos encantos. Era como si algún espíritu diabólico lo oprimiera y usara todo su poder para oprimirle el cuerpo y las extremidades. Cerró los ojos, incapaz de seguir contemplando aquella abominación que era la auténtica forma corporal de Mamá Antoinette. Paulatinamente, con extraordinario denuedo, se fue apartando de aquella criatura que lo apretaba contra ella. Sus movimientos no parecieron despertarla y, por fin, pudo saltar del lecho. Una vez más, emponzoñado por una nociva fascinación, contempló la amorfa y enorme masa de Mamá Antoinette. Acaso todo aquello se hubiera tratado de una mera ilusión, un delirio sufrido entre vigilias y sueños, pesadilla y realidad. Había algo de aquel horror que se le escapaba en el lodazal del olvido; sin embargo, en su interior persistía una sensación de repulsiva repugnancia que le recordaba las obscenidades a las que había sucumbido. Atemorizado por si la bruja se despertaba, salió sigilosamente de la cabaña.

Era pleno día pero una fría y espesa niebla lo cubría todo, amortajando las ciénagas plagadas de juncos y pendiendo cual fantasmal velo sobre el sendero que conducía a Les Hiboux. Como si se moviera con rapidez y furia, la bruma parecía perseguirlo por detrás para atraparlo con garras etéreas, mientras se encaminaba a su casa. Pierre se estremeció al notar su contacto. Inclinó la cabeza y se arrebujó en la capa. Pero la niebla se iba espesando más y más, para formar una inabarcable tela de araña que se apoderaba de todo el aire hasta hacerlo prácticamente irrespirable. El muchacho solo discernía unos pasos más allá las sinuosas curvas del sendero. Apenas si reconocía los lugares por los que tantas veces había pasado, las mimbreras y los sauces que súbitamente se interponían en su camino como grises espectros y se desvanecían en la vacuidad cuando llegaba a su altura. Jamás había visto semejante niebla: era como si un millar de marmitas de hechiceros hirvieran al unísono.

No podía precisar el punto exacto en que se hallaba, pero calculó que había cubierto la mitad del itinerario. Y entonces, de repente, empezó a toparse con los sapos. Habían permanecido ocultos tras la niebla. Deformes, inusualmente grandes e hinchados, en cuclillas en medio del camino o saltando despreocupadamente delante de él en las frondosas tinieblas o en ambas lindes del sendero. Varios de ellos se golpearon contra sus pies. Sin pretenderlo, pisoteó uno y resbaló a causa de la pulpa informe en que había devenido; estuvo a punto de caer junto a uno de los bordes del pantano. Presintió que las aguas tenebrosas lo esperaban anhelantes, pero finalmente recuperó el equilibrio y las pudo evitar.

Cuando volvió al sendero, aplastó a más sapos y los convirtió en una repugnante masa sanguinolenta y machacada. El suelo del pantano estaba completamente tapizado de sapos. Aquellos pegajosos cuerpos saltaban hacia él emergiendo de la niebla; le golpeaban las piernas, el torso, incluso el rostro. Lo atacaban por escuadrones, como una demoniaca legión de perversos engendros. En sus movimientos se intuía cierta malignidad, un propósito diabólico. Le impedían avanzar. Fue dando bandazos a diestro y siniestro, resbalando continuamente, mientras se protegía la cara con las manos. Sentía una consternación espantosa, un horror asfixiante. Le dio la sensación de que de algún modo volvía a sufrir la pesadilla de despertarse en la cabaña de la hechicera.

Los sapos siempre venían en sentido de Les Hiboux, como si tuvieran el propósito de hacerlo regresar a la cabaña de Mamá Antoinette. Se lanzaban contra él como un inhumano granizo, como proyectiles arrojados por demonios invisibles. Cubrían totalmente la campiña, llenaban el aire con sus cuerpos, a punto de sepultar al muchacho. Parecía que su número aumentaba constantemente, se precipitaban sobre él como una tormenta nociva. Pierre perdió el control, cedió el escaso valor que le quedaba, comenzó a correr desesperadamente, sin rumbo fijo, sin percatarse siquiera de que en realidad había abandonado el camino correcto y seguro. Perdió todo sentido de la orientación; obsesionado por escapar de aquella miriada de monstruos, se internó en los juncos y las juncias, pisando aquel terreno que se estremecía con la enorme masa gelatinosa que lo cubría. Detrás de él notaba el constante y pesado avance de los sapos; en ocasiones, erigían un muro con sus cuerpos para impedirle el paso y obligarlo a apartarse del camino. Más de una vez lo salvaron de caer en arenas movedizas ocultas entre la espesa vegetación. Era como si estuvieran ejecutando un plan para conducirlo a algún lugar preestablecido.

De repente, como si una gigantesca mano alzara una inmensa cortina, la bruma se desvaneció; delante de Pierre, bajo una resplandeciente claridad matinal, contempló las gruesas y altas mimbreras que circundaban la cabaña de Mamá Antoinette. No quedaba rastro de los sapos, aunque Pierre habría jurado que justo un instante antes cientos de ellos le pisaban los talones. Desesperadamente aterrorizado, se percató de que seguía preso de las malas artes de la bruja y que los batracios eran efectivamente sus parientes, como mucha gente afirmaba con pleno convencimiento. No solo habían impedido que se escapara, sino que además lo habían obligado a volver a la cabaña de aquella criatura, batracio, mujer, ambas cosas a la vez o lo que fuere, conocida como Mamá Sapo.

En sus pensamientos, Pierre tuvo la impresión de sumirse en la asfixiante negrura de insondables arenas movedizas. La bruja salió de la cabaña para recibirlo. Sus gruesos dedos, unidos por pálidos pliegues de piel como las membranas de una telaraña, se estiraban y aplanaban en torno a la humeante taza que llevaba. Una repentina ráfaga de viento surgida de la nada levantó las escasas faldas de Mamá Antoinette a la altura de sus gruesos muslos y llevó hasta las fosas nasales del muchacho el intenso aroma de vino especiado que ya le resultaba tan familiar.

—¿Por qué te marchaste tan precipitadamente, mi pequeñín? —la pregunta se pronunció en un ronroneo manifiestamente amoroso—. No debería haberte dejado salir sin otra buena copa de vino para calentarte el estómago... Mira, como sabía que volverías, te he preparado otra.

Se acercó a Pierre con suma malicia; con movimientos furtivos, le puso la copa a la altura de los labios. Los vapores marearon al joven y giró la cabeza para zafarse de los efluvios. Semejó como si un hechizo le hubiera paralizado los músculos: aquel sencillo gesto le costó un esfuerzo inmenso. Ahora bien, la cabeza aún la tenía despejada y recordaba perfectamente el espanto de la noche pasada. En su mente volvió a ver aquel repugnante sapo con el que había compartido cama y sueños.

—No beberé más vino —aseveró con firmeza—. Sois una desalmada y os aborrezco. Dejad que me vaya.

—Pero, ¿por qué me detestas? —croó Mamá Antoinette—. La noche pasada fuiste mi amante. Te puedo dar lo mismo que cualquier otra mujer... y más.

—No sois una mujer —replicó Pierre—. Sois un enorme sapo. Esta mañana vi vuestro auténtico aspecto. Antes que dormir de nuevo con vos prefiero que me traguen las aguas de los pantanos.

Antes de que Pierre hubiera pronunciado aquellas palabras, en la hechicera se operó un indescriptible cambio. Por un instante, la lujuria desapareció de sus facciones, que se tornaron brutalmente inhumanas. Sus ojos se hincharon hasta casi desorbitarse, todo el cuerpo se le deformó como si le hubieran insuflado veneno.

—¡Muy bien, vete! —espetó con gutural violencia—. ¡Pero pronto desearás haberte quedado...!

Se desvaneció la inexplicable parálisis que inmovilizaba los músculos del mozalbete. ¿Había sido la colérica decisión de la bruja la que había anulado el encantamiento? Fuera lo que fuese, sin titubear ni abrir la boca, Pierre se dio la vuelta y, con pasos precipitados, a punto de echar a correr, se marchó por el sendero de Les Hiboux.

Apenas dados un centenar de pasos, volvió a aflorar la niebla. Retorciéndose como una enorme bandera gris, brotó masivamente de la orilla de los pantanos, surgió del suelo hasta envolverle completamente los pies. Casi al mismo tiempo, el sol se tornó un débil disco de luz que terminó desapareciendo. El cielo azul se extinguió, engullido por una pálida y furibunda vacuidad. El camino que se abría delante de Pierre estaba oculto de tal modo que le parecía caminar sobre el mismísimo borde de un abismo blanco que se mostraba al ritmo de sus pasos. Como los ineludibles brazos de un espectro con dedos mortíferamente fríos, las extrañas nieblas se cernieron más y más sobre él. La notó espesarse en nariz y garganta, gotearle por las prendas cual pesado rocío. Percibió la pestilencia de aguas estancadas y lodo putrefacto... y un hedor de cuerpos licuados que emergía a la superficie en un lugar indeterminado del pantano.

Repentinamente, de la vacua blancura de la niebla, una sólida ola de sapos que le sobrepasaba en altura lo atacó y lo tumbó fuera del sendero. Cayó forcejando en las aguas pudibundas, que ahora bullían a causa de la riada de batracios. Con el rostro lleno de barro, intentó levantarse. Ahora bien, allí el agua en realidad solo le llegaba a las rodillas. Y cuando consiguió levantarse, el fondo, resbaladizo por el cieno, lo sostuvo perfectamente. Pese a la niebla, pudo ver el margen del sendero. Obstaculizado por la muchedumbre de batracios, intentó volver a él. Paso a paso, movimiento a movimiento, a medida que se aproximaba al camino un creciente terror atenazó sus pensamientos. Los sapos saltaban y daban volteretas en el aire de tal suerte que lo mareaban. Alrededor de pies y tobillos formaron un viscoso remolino y horrendas oleadas de ataque contra sus castigadas rodillas. Y no obstante, a base de muy lentos y denodados pasos, casi logró alcanzar el mismo borde del camino. Pero entonces, una segunda tromba de sapos arremetió contra él y, sin poderlo evitar, cayó de nuevo en el agua. Aplastado por el número y el ímpetu de los enemigos, asfixiado por las náuseas del barro que se estaba tragando, solo pudo presentar una débil e infructuosa resistencia.

Por un momento, antes de que todo deviniera un completo olvido, sus dedos palparon los contornos de una forma monstruosa que en cierto modo remitía a un sapo... pero grande y pesado como una mujer gruesa. En el postrer instante, le dio la sensación de que dos colosales pechos le aplastaban el rostro.

[1934]

# EL ESCULTOR DE GÁRGOLAS

ENTRE LAS NUMEROSAS gárgolas ceñudas y lascivas que asoman por el tejado de la nueva catedral de Vyônes, dos destacan sobremanera tanto por su exquisita factura como su extrema deformidad. Las había esculpido Blaise Reynard, un tallador de piedra nacido en Vyônes que, no ha mucho, regresó tras una larga estancia en varias ciudades de Provenza y que consiguió trabajo en la catedral tres años después de finalizar su construcción y ornamentación. Cuando el arzobispo Ambrosius contempló el maravilloso talento de Reynard, lamentó profundamente no haber podido encargarle la ejecución de todas las gárgolas; pero otras personas, de gusto mucho menos liberal que el clérigo, disentían de aquel juicio.

Acaso tal opinión se debía a lo que la gente de Vyônes pensaba de Reynard, ya desde su misma infancia, y que a su retorno se había reavivado con cierta intensidad. Justa o injustamente, su aspecto físico siempre le había granjeado el rechazo entre sus semejantes: era marcadamente oscuro, de cabellos y barba de un color negro azulado casi sobrenatural; sus ojos almendrados y brillantes le conferían un aire siniestro, perverso. Los supersticiosos atribuían sus ademanes melancólicos y taciturnos a prácticas y conocimientos nigrománticos. Incluso había quien lo acusaba a escondidas de alianzas con Satán. Si bien las acusaciones eran vagas conjeturas, los rumores anónimos, aunque carentes de pruebas, terminan convirtiéndose en hechos irrefutables. Quienes sospechaban de los diabólicos tratos de Reynard decían que aquellas dos gárgolas eran la prueba evidente. A menos que lo inspirara el Maligno, nadie podría ser capaz de plasmar semejante obra, que reflejase en la basta piedra el mal y los pecados mortales con tal perfección y detalle.

Ambas gárgolas estaban colgadas en los extremos opuestos de una torre alta de la catedral. Una era un monstruo de cabeza felina que gruñía amenazadoramente, con labios separados que mostraban formidables colmillos; bajo las cejas, sus ojos despedían un abismal odio. Tenía las garras y las alas de un grifo, y daba la impresión de estar a punto de saltar sobre Vyônes como una arpía sobre su presa. Su compañera era un sátiro astado con el aspecto de un enorme murciélago como los que yerran por las cavernas subterráneas, con fuertes y afilados talones, y una mirada rebosante de satánica lujuria, como si se regodeara ante las indefensas víctimas de su pernicioso deseo. Ambas piezas estaban completas, incluso sus cuartos traseros; parecían no estar unidas al tejado a la manera habitual. Podría esperarse a que, en cualquier momento, se liberaran de la piedra que inmovilizaba sus formas.

Ambrosius, amante del arte, las contemplaba con manifiesto placer; las consideraba obras maestras por la técnica y la verosimilitud con que Reynard les había dado forma. Pero otros, entre los que había dignatarios eclesiásticos de rango inferior, se escandalizaron en mayor o menor medida. Aseveraron que el tallador había reflejado en aquellas figuras todos sus vicios a mayor gloria de Belial y no de Dios, y que de este modo había perpetrado una blasfemia. Por supuesto, reconocieron, las gárgolas siempre precisan de cierto carácter deforme y siniestro; sin embargo, afirmaron que en aquel caso se habían sobrepasado los límites de lo tolerable.

Con todo, al finalizarse la catedral, y pese la oposición, la gente fue asumiendo las gárgolas de Blaise Reynard, como el resto de detalles del edificio, como parte del conjunto, de modo que prácticamente se olvidaron del asunto. El escándalo se fue atenuando y el autor de las figuras, sin perder la mala fama entre sus conciudadanos, recibió otros encargos. Se quedó en Vyônes; al poco, aunque sin éxito, reparó en la hija de un tabernero, Nicolette Villom, de quien se decía que llevaba mucho tiempo enamorado a su manera hosca y retraída. Sin embargo, para nada se había olvidado de sus gárgolas A menudo, al pasar ante la soberbia mole de la catedral, alzaba la mirada para observarlas con una secreta delectación cuya causa difícilmente podía explicar o definir. Parecían atraer su atención de un modo extraño y místico, para indicar un triunfo oscuro pero placentero.

Si le hubieran preguntado, habría dicho que el motivo de su satisfacción era enorgullecerse de la obra que había producido. No habría revelado, quizá él mismo lo ignorase, que en una de ellas había vertido todo su rencor, su amargura, su odio por los habitantes de Vyônes, que siempre lo habían aborrecido; y había plasmado la imagen de su resentimiento para que contemplase toda la ciudad para siempre desde un lugar elevado. Y acaso jamás hubiera imaginado que en la segunda gárgola había expresado su pasión adusta y de sátiro por Nicolette, una pasión que lo había hecho retornar a la infame ciudad de su juventud tras años de vagabundeo; una pasión singularmente obsesionada por un motivo y en ese sentido diferente de la lujuria habitual de una naturaleza tan atroz como la de Reynard.

Para el tallador de piedra, incluso más que para sus acérrimos detractores, las gárgolas eran criaturas vivas que manifestaban una vitalidad y sensibilidad singulares. Y semejaron más vívidas que nunca al término del estío, cuando las lluvias otoñales comenzaron a precipitarse sobre Vyônes. Así, cuando los canalones de la catedral vertían el agua sobre las calles, cualquiera podría haber creído que las babas de una presencia maléfica, el auténtico siervo de la lujuria, se mezclaban con el agua que vomitaban las bocas de las gárgolas.

En aquella época, concretamente en el año de Nuestro Señor de 1138, Vyônes constituía el núcleo principal de la provincia de Averoigne. El enorme bosque, con fama de encantado, lugar de leyendas terroríficas, fantasmas y hombres lobo, llegaba hasta los mismos muros de la ciudad por dos puntos y proyectaba sus sombras sobre ellos antes del mediodía y al anochecer. Los otros puntos estaban circundados por huertas y campos cultivados, tranquilas corrientes cuyas aguas descendían plácidamente por los meandros, entre álamos y sauces, y carreteras que cruzaban una llanura despejada hasta llegar al elevado castillo de los nobles señores y conducir a regiones allende Averoigne.

La ciudad vivía en la prosperidad, preservada de la mala fama de los bosques. Había sido santificada por la presencia de dos conventos y un monasterio. Y ahora, al concluir las obras de una catedral largo tiempo deseada, se creía que Vyônes gozaba de una protección de santidad adicional y más augusta que mantendría apartados con mayores garantías que antes a demonios, brujas e íncubos. Por supuesto, como era corriente en cualquier población medieval, se podrían dar casos esporádicos de manifiesta brujería o de posesión infernal. Más de una vez, las peligrosas tentaciones de los súcubos habían intentado socavar la pía virtud de Vyônes: no era nada sorprendente en un mundo siempre expuesto al demonio y sus malas artes. Pero nadie habría vaticinado el torrente de horrores infernales que hicieron que los últimos meses de otoño siguientes a la construcción de la catedral devinieran terroríficos. Para que el asunto sea comprensible, y más blasfemo de lo que era ya de por sí, el primero de tales horrores sucedió en las proximidades de la catedral, prácticamente bajo su sombra protectora.

Dos hombres, un respetable sastre llamado Guillaume Maspier y un tonelero de idéntica reputación llamado Gerome Mazzal, regresaban a sus casas a última hora de una noche de noviembre, tras haber degustado en más de una taberna los vinos blancos y tintos que ofrece la región. Según Maspier, el único que vivió para contarlo, pasaban por una calle que circunda la planta de la catedral; la inmensa mole del edificio se recortaba entre las estrellas del firmamento, cuando un monstruo alado, negro como el hollín de Abaddón, picó hacia ellos y agredió a Gerome Mazzal, a quien abatió con sus pesadas alas y apresó con sus enormes dientes y afilados talones. Maspier fue incapaz de describir a la criatura con detalle, apenas la vio en la oscuridad de la calle; asimismo, el final de su compadre, que yacía sobre el empedrado con el demonio negro enroscándose y desgarrándole el cuello, le aconsejó huir lo antes posible. Corrió lo más deprisa que pudo, hasta detenerse frente a la casa de un sacerdote, a muchas calles del suceso, a quien relató aquel episodio entre estremecimientos y respingos.

Armado con agua bendita y un hisopo, secundado por multitud de ciudadanos que portaban antorchas, barras y alabardas, Maspier condujo al sacerdote hasta el lugar del crimen. Allí encontraron el exánime cuerpo Mazzal con el rostro terriblemente desfigurado, el cuello y el pecho hendidos por sangrientas heridas. No se halló rastro del demoniaco atacante, y aquella noche nada más se vio ni encontró; ahora bien, cuantos pudieron contemplar su obra regresaron a sus hogares atemorizados, pensando que una criatura de los infiernos subterráneos había venido a Vyônes y, lo peor de todo, iba a permanecer en ella.

A la mañana siguiente, cuando la noticia se extendió por toda la ciudad, imperó la consternación. Los clérigos practicaron exorcismos contra el demonio invasor en todos los espacios públicos y frente a los umbrales de las puertas. Sin embargo, la aspersión de agua bendita y los formulismos resultaron infructuosos. El espíritu del mal seguía imperando, su malignidad quedó manifiesta una vez más la noche siguiente a la hórrida muerte de Gerome Mazzal.

En aquella ocasión dos fueron las víctimas, probos y destacados ciudadanos que bajaban por un estrecho callejón. Picó sobre uno de ellos y lo mató al instante. Inmediatamente después se ocupó del otro, que en vano intentó huir. Los estentóreos gritos de las víctimas indefensas y los guturales gruñidos del demonio fueron percibidos por la gente que vivía en el callejón. Y varios de ellos, apenas con arrestos para mirar por la ventana, presenciaron la marcha del infame agresor, ocultando las estrellas autumnales con sus alas enormes y terribles, proyectándose cual execrable amenaza sobre los tejados.

Salvo en casos de extrema urgencia o necesidad, tras aquello muy pocos se atrevieron a salir de noche. Y quienes se arriesgaban lo hacían en grupos armados con antorchas, como si de este modo pudieran atemorizar al demonio, a quien juzgaron criatura de la oscuridad y temerosa de la luz, algo propio de los de su clase. Pero la osadía del monstruo trascendía lo concebible, ya que atacó a más de un grupo de valerosos ciudadanos sin importarle lo más mínimo las antorchas que le dirigían al rostro y que apagaba con sus poderosos aleteos.

Sin ninguna duda, se trataba de un espíritu imbuido de odio homicida, puesto que sus víctimas terminaban horriblemente deformadas o destrozadas por garras y talones. Quienes lo vieron y escaparon de la muerte apenas si podían describirlo vagamente y con imprecisión; ahora bien, todos coincidieron en que tenía la cabeza de una bestia feroz y las alas de un ave monstruosa. Algunos, los más versados en demonología, aventuraron que se podría tratar de Modo, encarnación del asesinato; otros afirmaron que era uno de los lugartenientes principales de Satán, quizá Amaimon o Alastor, enloquecidos hasta el infinito por la incontestable supremacía de Jesucristo en la ciudad santa de Vyônes.

El terror que enseguida prevaleció en la ciudad, bajo aquella panoplia de incursiones y ataques satánicos, devino un oscuro manto diabólico, candente y coagulado de obsesión supersticiosa, por denominarlo de algún modo. Aun a la luz del día, las góticas alas de una pesadilla parecían extenderse en constante opresión sobre la ciudad. El miedo latía omnisciente como imparable corrupción de una plaga epidémica. Los habitantes, llenos de miedo, caminaban rezando. Tanto el arzobispo como sus subordinados se confesaron incapaces de combatir el imparable horror. Enviaron un emisario a Roma, en busca de agua bendecida personalmente por el Papa. Creyeron que bastaría para ahuyentar a tan terrible huésped.

Mientras, el horror creció y alcanzó su culminación. Una noche de mediados de noviembre, el abad del monasterio de Cordeliers, que había ido a administrar la extremaunción a un amigo moribundo, fue emboscado por el engendro justo antes de cruzar el umbral de su morada; fue muerto con la misma atrocidad con que las otras víctimas habían sido asesinadas. A tal hazaña doblemente infame no tardó en añadirse una increíble blasfemia. A la noche siguiente, mientras el cuerpo del abad yacía en un rico catafalco en la catedral, cuando se decían misas y ardían las velas, el demonio invadió la alta nave a través de la puerta abierta, apagó todas las velas con un solo movimiento de sus alas y arrastró al menos a tres sacerdotes oficiantes a una impía muerte entre tinieblas. Todo el mundo pensaba que los poderes del mal estaban emprendiendo un formidable asalto para poner a prueba la fe cristiana de Vyônes. En medio de aquel horror abyecto, el desorden extremo, el desaliento que cundieron tras la última atrocidad, tuvo lugar un deplorable estallido de homicidios, asesinatos, rapiñas y latrocinio, junto con clandestinas manifestaciones de satanismo y celebraciones de misas negras a las que asistían numerosos neófitos.

Y entonces, en medio de aquel caótico miedo y frenética confusión, comenzó a circular el rumor de que otro demonio deambulaba por Vyônes; que al monstruo asesino lo acompañaba un espíritu tanto o más deforme y tenebroso, con intenciones lascivas y que solo hostigaba a mujeres. El ser había atemorizado a varias damas, doncellas y sus damas de compañía hasta sumirlas en auténtica histeria al aparecer su rostro en las ventanas de los dormitorios. Asimismo, se había acercado con sigilo, lascivamente, con inequívocos sonidos, muecas y aleteos grotescos de sus alas de murciélago, a otros que osaron salir de sus casas y transitar las calles por la noche. Sin embargo, pasaba algo extraño, ya que el honor de ninguna mujer fue realmente agraviado por aquel molesto íncubo. Se acercó a mucha gente, aterrada ante su comportamiento desmesuradamente repulsivo y libidinoso, pero sin llegar a tocar a nadie. A pesar de aquellos tiempos de terror físico y espiritual, hubo quien se burló procazmente del singular celibato que guardaba el demonio y se decía que en realidad buscaba en Vyônes a alguien al cual aún no había encontrado.

Un oscuro y sinuoso callejón separaba el alojamiento de Blaise Reynard de la taberna que regentaba Jean Villom, el padre de Nicolette. Reynard tenía por costumbre ir de noche a la taberna, aunque su presencia era mal vista por el dueño, que había desaprobado la petición de mano de su hija, aspiraciones más bien desalentadas por la joven. Ahora bien, toleraban su presencia porque siempre traía la bolsa llena y manifestaba una ilimitada capacidad para aguantar el vino. Siempre acudía temprano, a primera hora de la noche, y permanecía sentado en silencio, hora tras hora, contemplando con ardor e intensidad a Nicolette, bebiendo sin tasa los fuertes caldos de Averoigne. Pese al deseo de no perderlo como cliente, le tenían un poco de miedo a causa de su reputación de hechicero y su carácter hosco. No deseaban porfiar con él más de lo estrictamente necesario. Como todo el mundo en Vyônes, Reynard había acusado la sofocante carga de terror supersticioso durante aquellas noches, cuando el terrorífico rondador acechaba en la ciudad y agredía a los desdichados viandantes en cualquier momento y cualquier lugar. Solo la urgencia e imperiosidad de su deseo semisalvaje por Nicolette lo habrían hecho atravesar el callejón, en medio de las tinieblas, para entrar en la taberna y contemplar a la muchacha entre trago y trago.

Las noches otoñales habían vetado la presencia de la luna. Ahora bien, la noche posterior a la profanación de la catedral por parte del engendro, un nuevo cuarto creciente iluminaba con tonalidad sanguinolenta los tejados y el suelo cuando Reynard se dirigía a la taberna a la hora de costumbre. Los rayos no llegaban hasta la parte baja de la estrecha y sinuosa callejuela; no pudo evitar estremecerse mientras aceleraba el paso entre sombras esporádicamente interrumpidas por la luz que despedían unas pocas ventanas. Le daba la sensación de que en cada recodo, en cada esquina, unas satánicas alas cuajaban la oscuridad con su maléfico influjo, que en cualquier momento podrían aparecer unos ojos brillantes, encendidos como los carbúnculos que arden en el averno. Ya al final del callejón, se percató con irrefrenable pánico de que una nube con la apariencia de alas arqueadas y puntiagudas cubría el cuarto creciente.

Por fin llegó a la taberna con una sensación de inmenso alivio, pues había comenzado a intuir con nitidez que alguien o algo, sin hacer ruido e invisible, lo había seguido, una presencia que parecía teñir la oscuridad de una amenaza sobrenatural. Entró; cerró la puerta con mucha rapidez, como si lo hubiera hecho ante las mismas narices de su terrible perseguidor.

Aquella noche la taberna contaba con pocos parroquianos. Nicolette servía vino al ayudante de un mercero, un tal Raoul Coupain, joven agradable y nuevo en la vecindad; tabernera y cliente se reían con una alegría que Reynard juzgó de un regocijo indecoroso ante los piropos y comentarios que le dedicaba Raoul. Jean Villom hablaba en susurros sobre los últimos acontecimientos y bebía tanto o más que sus clientes. Sintiendo unos celos crecientes a causa de la presencia de Raoul Coupain, al cual ya consideraba un aventajado rival, Reynard se sentó en silencio y observó con malignidad los flirteos de la pareja. Pareció como si nadie hubiese reparado en su llegada: Villom seguía hablando con sus compadres sin parar, y Nicolette y su cliente seguían enfrascados en juegos. A la furia de sus celos Reynard pronto añadió el resquemor de quien cree estar siendo ignorado deliberadamente. Para llamar la atención comenzó a aporrear la mesa con sus poderosos puños.

Villom, que había permanecido sentado de espaldas, llamó a Nicolette despreocupadamente, sin girarse, y le indicó que atendiera a Reynard. Dedicando una última sonrisa a Coupain, con lentitud y ostensible renuencia, la muchacha se acercó a la mesa del tallador de piedra. Menuda, de pecho generoso, con unos cabellos pelirrojos que descendían en abundantes bucles por los lados del rostro, iba ataviada con un ceñido vestido verde que resaltaba aún más las sensuales formas de caderas y busto. Con Reynard se mostraba desdeñosa y algo fría, pues le disgustaba, evidencia que escondía más bien poco. Precisamente aquella noche Reynard la encontró más hermosa y deseable que nunca, y le asaltó un salvaje impulso de tomarla en sus brazos, de llevársela ante las mismísimas narices de Raoul Coupain y de su padre.

—Tráeme una jarra de La Frênaie —ordenó bruscamente en un tono que revelaba la mezcla de su resentimiento y deseo.

Moviendo la cabeza ligeramente y a modo de burla, mirando de nuevo a Coupain, obedeció. Sin musitar palabra, depositó ante Reynard el fuerte tinto y regresó junto al ayudante de mercero para reanudar sus devaneos amorosos.

Reynard comenzó a beber. Lo único que hizo el potente caldo fue inflamar su tácita animadversión y ofuscado deseo. La mirada se le tornó ponzoñosa; los labios se le torcieron de malignidad como los que había tallado en las gárgolas de la nueva catedral. Su interior se consumía en una furia siniestra y primordial, como la de un fauno frustrado y taciturno. Procuró reprimir aquel fuego; permaneció en silencio e inmóvil, salvo las frecuentes ocasiones en que se servía de la jarra. Raoul Coupain también había ingerido una nada despreciable cantidad de vino. Por eso, su cortejo devino más atrevido e intentaba besar la mano de Nicolette, que ya se había sentado a su lado en el banco. Le sostenía la mano juguetonamente; su propietaria, tras propinarle un enérgico pero suave bofetón, le dio permiso para proceder de un modo que Reynard consideró, cuando menos, libertino.

Gruñendo sin separar los labios, poseído por un ciego impulso de abalanzarse sobre su victorioso rival y matarlo con sus propias manos, se levantó y fue hacia la distraída pareja. Uno de los contertulios, sentado en una apartada esquina, adivinó sus intenciones y avisó al instante al tabernero. Este se alzó, tambaleándose un poco por el vino, cruzó la estancia con cautela sin apartar la vista de Reynard, listo para intervenir si la violencia estallaba. Reynard se detuvo, como presa de una momentánea vacilación, y prosiguió, obnubilado por un enorme odio hacia todos. Deseaba con toda su alma matar a Villom y a Coupain, terminar de una vez con los estúpidos parroquianos que lo observaban desde los rincones y por último, por encima de sus cuerpos estrangulados, asaltar a besos y ahogar a caricias los carnosos labios y el cimbreante cuerpo de Nicolette.

Al ver cómo el escultor de gárgolas se acercaba, conociendo su mal carácter y sus celos insanos, Coupain también se alzó y tentó, debajo de la capa, la empuñadura de su pequeña daga. Mientras, Jean Villom había interpuesto su corpachón entre los dos antagonistas. Deseaba evitar a toda costa cualquier disputa y preservar así la intachable reputación de su local.

—Vuelve a tu mesa, tallador —instó a Reynard con firme vehemencia.

Desarmado y en inferioridad numérica, Reynard se detuvo de nuevo, pese a notar que la cólera le bullía como el contenido del caldero de un brujo. Clavó sus perturbadores ojos en los tres con intensidad asesina. Más allá del trío observó, más por instinto que por deseo consciente, los paneles superiores de los ventanales; en sus cristales se reflejaba la trémula llama de las velas, las fulgentes copas, las cabezas de Coupain, Villom, Nicolette, así como su cara sombría entre ellos. Sin saber por qué, diríase que con incoherencia, en aquel instante se acordó de la nube oscura e indefinida que había atravesado el cuarto creciente de la luna, la pertinaz sensación de intuir una siniestra persecución mientras cruzaba la calle.

Así, todavía absorto en la imagen de los cuatro reflejada en el cristal, retumbó un atronador estruendo. Los paneles de la ventana y la visión del grupo estallaron hacia dentro en incontables fragmentos. Antes de que uno solo de los cristales rotos hubiese rozado el suelo, penetró en la estancia una forma oscura y monstruosa cuyo poderoso aleteo casi apagó las velas e hizo bailar las sombras como en un aquelarre de amorfos demonios. Cuando repararon en ella, por unos momentos permaneció inmóvil suspendida en el aire, y les pareció que era más alta que la oscuridad que reinaba sobre las cabezas de los presentes. Se fijaron en la infernal intensidad de sus ojos, que ardían como los carbones que palpitan en lo más profundo del Tártaro, y la curvatura de sus labios repulsivos, que mostraban unas fauces con dientes más grandes que los de una serpiente.

Detrás de él irrumpió un segundo monstruo batiendo sus poderosas y puntiagudas alas. Todos sus ademanes rezumaban una inextricable lascivia, del mismo modo que en el otro exudaba un odio homicida y una ilimitada maldad. Sus facciones de sátiro estaban contraídas en una inalterable y repulsiva mueca. Suspendido en el aire, como el primer intruso, observó fijamente a Nicolette.

La sorpresa y la consternación, extremas hasta el punto de

convertirse en un pánico insoportable, petrificaron a todos los parroquianos, incluido Reynard. Inmóviles, mudos, contemplaron la demoniaca invasión. La congoja de Reynard era el fruto de una inefable sorpresa, la angustiada certeza de comprender lo que sucedía. Por su parte, Nicolette, inundada de horror, gritó desesperadamente, se dio la vuelta y empezó a correr por la sala.

Como si aquel grito hubiese sido la provocación, la señal que estaban esperando, los dos demonios se lanzaron sobre las víctimas. Con un furibundo zarpazo de sus garras totalmente extendidas, rasgó el cuello de Jean Villom, que cayó emitiendo un sordo gorgeo y un sanguinolento gemido. Inmediatamente después, Raoul Coupain sufrió idéntica suerte. Por su parte, el otro engendro había volado en pos de la chica; sus bestiales brazos la retenían en contra de su voluntad, sus alas la envolvieron como un manto infernal.

La taberna devino un torbellino de gemidos, totalmente sumida en un caos de gritos y convulsiones, de sombras que forcejeaban en la oscuridad. Reynard percibió el gutural gruñido del monstruo asesino amortiguado por Coupain, cuyo cuerpo estaba desgarrando con los colmillos. Y le llegó nítidamente la lúbrica risa del íncubo por encima de los histéricos gritos de Nicolette. Entonces, cuando una súbita corriente de aire apagó las grotescas llamas de las velas, algo propinó un violento golpe a Reynard, el mazazo de un objeto que se movía con rapidez, acaso un ala, duro y pesado como la piedra. Cayó al suelo inconsciente.

Pesada y confusamente, con enormes esfuerzos, procuró volver en sí. Tardó un poco en recordar dónde se hallaba y qué había pasado. Cuando abrió los ojos, le inquietó el punzante palpitar de las sienes, el revoloteo de voces exaltadas a su alrededor, el brillo de muchas luces, la acumulación masiva de rostros; y, sobre todo, aquella sensación indefinida pero dolorosa, atenazada por el terror, que lo oprimió nada más recuperar la consciencia. La memoria retornó a él, con renuencia y retardo y, con ella, el pleno conocimiento de lo que había pasado.

Yacía sobre el suelo de la taberna; su propia sangre le manaba de una dolorosa herida en la cabeza y resbalaba por la cara en hilillos. La sala estaba llena de gente que portaba antorchas, cuchillos y alabardas. Contemplaban los cuerpos sin vida, inundados de vino y sangre entre un desastre de madera astillada y vajilla rota. Nicolette, con el vestido verde hecho girones, como si todavía siguiera atrapada por los brazos del demonio, murmuraba quedamente, mientras las mujeres la interpelaban con gritos inútiles y preguntas que ni oía ni comprendía. Los dos compadres de Villom, hórridamente traspasados y desgarrados, estaban muertos junto a la mesa donde se habían sentado, ahora patas arriba. Estupefacto de horror, todavía aturdido por el golpe, Reynard se puso en pie, al instante rodeado de caras y voces inquisitivas. Algunos recelaban de él, único superviviente de la matanza y con sospechosa reputación; sin embargo, sus respuestas convencieron a la gente de que aquel nuevo crimen solo podía ser obra de los engendros demoniacos que durante semanas habían aterrorizado Vyônes tan cruelmente. No obstante, omitió parte de lo que había visto ni reveló los motivos que últimamente alimentaban su miedo y su desconcierto. Guardaba aquello en lo más recóndito de su alma, atormentada y gobernada por el Maligno.

Consiguió salir de la devastada taberna; se abrió paso entre la multitud arracimada y temerosa, y se quedó transitando por las calles, a medianoche. Menoscabando el peligro que podía cernirse sobre su cabeza, sin apenas saber adónde se dirigía, erró por la ciudad durante muchas horas. En algún momento, su deambular lo condujo hasta el taller donde trabajaba. Sin una razón lógica que lo sustentara, entró y salió de nuevo, armado con un pesado martillo que siempre había llevado con él en los años de peregrinación por las distintas capitales para trabajar como tallador de piedra. A continuación, hechizado por su horrorosa y constante tortura interior, siguió errando hasta que el pálido amanecer lamió agujas y tejados con luz espectral.

Movido por una compulsión apenas voluntaria, sus pasos lo llevaron hasta la plaza frente a la catedral. Sin prestar la más mínima atención al sorprendido sacristán, que justo había abierto las puertas, penetró en la catedral y buscó las escaleras que hendían tortuosamente la torre y llevaban hasta donde estaban sus gárgolas. En medio de una mañana pálida y fría, el sol oculto, salió al tejado y, asomándose peligrosamente al borde, observó las figuras talladas. No se sorprendió en absoluto, sino que confirmó definitivamente un terror demasiado brutal para ser nombrado en voz alta, al reparar en que los dientes y las garras del grifo con cabeza felina y expresión diabólica estaban maculados de sangre ennegrecida; que de los talones del sátiro alado y lujurioso pendían, enganchados, girones del vestido de Nicolette. Bajo la enfermiza luz matinal, le dio la sensación de que el sátiro llevaba estampado en el rostro un rictus de inefable triunfo, de perversa ironía. Lo contempló con miedo y contradictoria fascinación, con una rabia impotente, una repulsa y un arrepentimiento más profundos que los del infierno que le brotaba del interior. Apenas fue consciente de alzar el martillo para golpear frenéticamente al sátiro astado, hasta que percibió el desagradable y furioso sonido del impacto y se dio cuenta de que se hallaba sobre el borde del tejado, luchando por mantener el equilibrio.

Los furiosos golpes apenas vulneraron las facciones del sátiro, sin conseguir borrarle la malsana lujuria, la expresión de inalterable triunfo. Alzó de nuevo la pesada herramienta, pero esta vez solo hirió el aire. Reynard notó que él mismo era alzado y rechazado por algo que, afilado y puntiagudo como varios cuchillos a la vez, hendió su carne. Intentó ponerse en pie infructuosamente; resbaló, quedó tumbado sobre el borde de granito del tejado, cabeza y hombros pendiendo sobre el abismo de la calle desierta y oscura.

A punto de desvanecerse, entrevió que encima de él estaba la otra gárgola con las garras del cuarto delantero derecho firmemente incrustadas en su hombro. Aumentó la saña con que le aprisionaba el hombro, las garras penetraron todavía más, como aumentando el sadismo con que atenazaban el hombro. Daba la impresión de que el monstruo era todavía más grande, una bestia fantástica sobre su presa; sintió que resbalaba vertiginosamente por el canalón de la catedral, que la gárgola se retorcía y giraba como si desease recuperar su postura normal sobre el abismo. El vértigo semejaba conferirle una impresión de caída lenta e inexorable. La torre de la catedral se inclinó y giró debajo de él de un modo enfermizo, como en una delirante pesadilla. Débilmente, aturdido por el miedo y la agonía, Reynard vio la despiadada cara felina que se dirigía hacia él mostrándole los espantosos dientes en un rictus eterno de odio infernal. Sin explicarse cómo, aún empuñaba el martillo; una instintiva necesidad de supervivencia hizo que golpease con él a la gárgola, cuyas repulsivas facciones parecían aproximarse a su propia cara como una imagen en el clímax de una tormenta delirante y enajenada.

Pese a su resistencia a golpes de martillo, siguieron los movimientos compulsivos y las contorsiones; los talones lo arrastraron hacia fuera, al aire del vacío. En aquella postura tan forzada e inverosímil, la eficacia de los golpes disminuyó aún más. La cabeza de la herramienta caía con irrisoria fuerza sobre el antebrazo cuyos curvos talones se le clavaban en el hombro cual ganchos de carnicería. El martilleo cesó con un agudo sonido quebrado; a medida que se precipitaba hacia el vacío, la gárgola se desvaneció de sus ojos. No vio nada más, salvo la oscura masa de la torre, que parecía alejarse de él por los aires, elevarse con inaudita rapidez hacia un cielo sin estrellas en el que la luz del sol tardío apenas si se notaba.

Fue el arzobispo Ambrosius quien, de camino hacia la catedral para oficiar la primera misa del día, se topó con el destrozado cuerpo de Reynard, boca abajo sobre la calzada. Sorprendido por tan terrible visión, se persignó nada más descubrir el objeto que seguía aferrado al hombro del desdichado y repitió el gesto más fervorosamente si cabía. Se acercó para examinarlo. Su infalible memoria de auténtico amante del arte lo reconoció enseguida. Y acto seguido, con idéntica claridad, comprendió que la pétrea extremidad, tan profundamente hendida en la carne del tallador, había cambiado inexplicablemente. Creía recordar que la zarpa siempre había estado distendida, ligeramente flexionada; ahora estaba rígidamente extendida, alargada como la de un predador que hubiese cazado alguna cosa o arrastrado una pesada carga con sus brutales talones.

[1932]

# La Santidad de Azédarac

## I

—¡POR EL CARNERO y su millar de ovejas! ¡Por la cola de Dagón y los cuernos de Derketa! —exclamó Azédarac mientras señalaba el pequeño y abombado frasco de líquido carmesí sobre la mesa que tenía delante de él—. Algo habrá que hacer con ese cargante del hermano Ambrose. Me enteré hace poco de que el arzobispo de Averoigne lo envió a Ximes para reunir pruebas que demostrasen mis lazos con Azazel y los Antiguos. Ha espiado mis invocaciones en las criptas, ha escuchado las fórmulas secretas, ha presenciado la auténtica manifestación de Lilit, incluso de Yog-Sotot y Sodagui, demonios anteriores al mundo. Y esta misma mañana, hace poco más de una hora, montado sobre su asno blanco, ha regresado a Vyônes. Dos son los modos —mejor dicho, uno— de evitar las molestias y los problemas de un juicio por brujería: antes de que llegue a Vyônes se le debe suministrar el contenido de este frasco. Y si eso falla, también yo deberé tomar la pócima.

Jehan Mauvaissoir miró primero el frasco y después a Azédarac. Apenas le había sorprendió que los labios del obispo de Ximes hubieran pronunciado frases y juramentos tan poco canónicos. Hacía mucho que lo conocía; demasiados eran los servicios extraños que ya le había prestado como para sobresaltarse a aquellas alturas. De hecho, lo conocía mucho antes de que el brujo se hubiera propuesto ser prelado, una etapa de su vida que ni una sola alma de Ximes hubiese sospechado. Por su parte, Azédarac jamás se había preocupado de ocultar a Jehan sus numerosos secretos.

—Comprendo —repuso Jehan—. Dad por sentado que se administrará el contenido del frasco. El hermano Ambrose viaja muy despacio en su necio pollino blanco. No llegará a Vyônes hasta mañana a mediodía. Sobrará tiempo para abordarle. Por supuesto que me conoce, al menos a Jehan Mauvaissoir... pero eso tiene fácil solución.

Azédarac sonrió.

—Dejo el asunto, y el frasco, en tus manos, Jehan. Ni que decir tiene que, suceda lo que suceda, con todos los instrumentos satánicos y presatánicos a mi alcance, ningún peligro debo esperar de esos estúpidos fanáticos. Sin embargo, mi posición en Ximes es muy cómoda y envidiable. Las fatigas de un obispo cristiano que vive en olor de incienso y piedad, y que en privado se lleva bien con el Enemigo, son mucho más preferibles a los infortunios de un hechicero clandestino. A decir verdad, preferiría mantener los privilegios y placeres de mi sinecura. Que Moloch se trague a esa gallina santurrona de Ambrose —prosiguió—. Debo de estar haciéndome viejo y estúpido al no haberlo previsto. La mirada huidiza y temerosa que tenía últimamente me hizo sospechar que había husmeado en los ritos subterráneos. Cuando me dijeron que se marchaba hice bien en comprobar mi biblioteca: descubrí que faltaba el *Libro de Eibon*, que contiene los encantamientos más antiguos, la sabiduría secreta de Yog-Sotot y Sodagui, más vieja que la humanidad. Como sabes, le cambié la encuadernación de piel subhumana aborigen por la de cordero para misales cristianos, y lo coloqué junto a otros libros legítimos de oraciones. Ambrose se lo lleva bajo su hábito como prueba irrefutable de que soy un devoto de la nigromancia. Nadie en Averoigne sabrá leer la escritura inmemorial de los hiperbóreos; sin embargo, sus códices e ilustraciones con sangre de dragón bastarán para condenarme.

Amo y siervo intercambiaron sus miradas en medio de un silencio cargado de complicidad. Jehan contempló con enorme respeto la elevada estatura, los rasgos sombríos, la tonsura entrecana, la cicatriz extraña, brutal, en forma de cuarto creciente sobre la ceja de Azédarac; y sobre todo los sensuales puntos de fuego anaranjado que ardían en sus gélidos ojos negros. Por su parte, los ademanes astutos, discretos e inexpresivos de Jehan, que podría haber sido, y de hecho lo sería si fuera preciso, desde un mercero hasta un clérigo, tranquilizaron a Azédarac.

—Es lamentable —prosiguió Azédarac— que los clérigos de Averoigne duden de mi santidad y devoción. Supongo que tarde o temprano iba a suceder, aunque la principal diferencia entre yo y muchos otros jerarcas de la Iglesia sea que yo sirvo al Demonio deliberada y libremente, mientras que ellos hacen lo mismo con hipócrita obcecación... No obstante, debemos hacer cuanto podamos por retrasar el maldito momento del escándalo y el desahucio de nuestro lecho de plumas. En estos momentos Ambrose puede alegar pruebas contra mí. Por eso, Jehan, enviarás a Ambrose a un reino donde los chismorreos monacales se los lleva el viento. Después habrá que extremar las precauciones. Te aseguro que lo único que encontrará el próximo enviado de Vyônes será santidad y un rosario de parabienes.

## II

En contraste con la serena belleza del bosque que lo escoltaba de camino hacia Vyônes, los pensamientos del hermano Ambrose navegaban por los mares de la preocupación. El miedo lo mordía como una maraña de víboras venenosas. El perverso *Libro de Eibon*, aquella obra de brujería primordial, semejaba arderle bajo los hábitos cual enorme y candente sello satánico que se aplastaba contra su pecho. No era la primera vez que pensaba que el arzobispo Clément había encargado a alguien más la investigación de las diabólicas vilezas de Azédarac. De hecho, un mes de estancia en la casa del obispo sobraba para desequilibrar la paz de espíritu de cualquier clérigo piadoso. Ambrose había visto cosas que empañaban la pulcra página de sus recuerdos como una íntima mácula de repulsa y terror. Descubrir que un prelado de la Iglesia era siervo de las fuerzas que arrastran a la perdición, que se refocilaba secretamente con vicios más antiguos que Asmodai, perturbaba hasta el más íntimo recoveco de su alma. Desde su hallazgo creía percibir una ubicua corrupción, como si el Enemigo se le enroscase por el cuerpo para dejarlo sin aire puro que respirar.

Mientras marchaba al amparo de sombríos pinos y verdeantes hayas, deseó ir sobre una montura algo más rápida que aquel asno tranquilo y lechoso que le había asignado el arzobispo. Se sentía acosado por la mortuoria intimidación de rostros descarados como gárgolas, de invisibles pies condenados a llevar grilletes que lo seguían por detrás de la tupida floresta, por toda la languidez de los recodos que presentaba la carretera. Bajo los rayos oblicuos se trazaban telarañas de sombras labradas por el agónico atardecer, como prestas a seguir el rastro furtivo y hediondo de seres impronunciables. Y sin embargo, durante varias millas no se había cruzado con nadie. No había intuido la presencia de animales, ni los zumbidos de las abejas, ni el trino de los pájaros en la maleza.

Sin poder evitar los estremecimientos, pensaba constantemente en Azédarac. Se le aparecía en imágenes como un Anticristo alto, prodigioso, que se alzaba como un colosal engendro de entre el llameante lodo de Abaddón. Recordó de nuevo las bóvedas que hay debajo de la casa del obispo. En ellas, una noche había presenciado un ritual de repulsa y horror satánicos. Había contemplado al obispo bañado en los espléndidos y envolventes efluvios de sacrílegos incensarios que se mezclaban en el aire con los miasmas azufrados y pegajosos del pozo; y entre aquellos vapores se le habían emergido los miembros lascivos, las facciones desmesuradas y etéreas de seres enormes e innombrables... Se estremeció al recordar la lubricidad prebíblica de Lilit, el horror cósmico del súcubo llamado Sodagui, la repugnancia ultradimensional de aquel que los hechiceros de Averoigne denominaban Yog-Sotot.

Cuán siniestramente fuertes y perversos, pensaba, eran aquellos engendros inmemoriales, al poner a su siervo Azédarac en el mismísimo seno de la Iglesia, ocupando una posición elevada y presuntamente devota. Durante nueve años, el pérfido prelado había ejercido con total impunidad actividades insospechadas, había traicionado a la diócesis de Ximes con sacrilegios peores que los sarracenos. Y entonces, de modo anónimo, los rumores llegaron hasta Clément; un susurro de advertencia que ni siquiera el arzobispo había osado pronunciar en voz alta. Así, envió a su sobrino Ambrose, joven monje benedictino, a investigar la purulenta podredumbre que amenazaba la integridad de la Santa Madre Iglesia.

Solo entonces reparó en lo oscuro y desconocido que era el pasado de Azédarac; en lo inadvertido que procuraba pasar entre los clérigos, sus escasos intentos de medrar jerárquicamente, incluso desde que era mero sacerdote, el sigilo y la ambigüedad con que había ido ascendiendo. Fue entonces cuando comprendió que habían intervenido fuerzas oscuras formidables. Intranquilo, Ambrose se preguntó si Azédarac ya habría descubierto la desaparición del *Libro de Eibon* de entre los misales contaminados por su corruptora presencia. Y con desasosiego aún mayor, intentó imaginar su reacción, cuánto tardaría en relacionar la desaparición del volumen con la marcha de su huésped.

Tales reflexiones las interrumpió el furioso repicar de los cascos de un caballo que venía por detrás. Ni siquiera un centauro surgido de la más pagana de las florestas le hubiese infundido el mismo pánico. Miró por encima del hombro no sin aprensión para ver al jinete que se aproximaba. Montado sobre un excelente alazán bellamente enjaezado, vio a un hombre de barba tupida. Sin duda, a juzgar por su caro arnés, un noble o un cortesano. Pasó cerca de Ambrose y lo saludó con una leve pero educada reverencia con la cabeza, como si solo le incumbieran sus propios asuntos. El monje experimentó un inmediato e inmenso alivio, aunque cierta preocupación lo acompañó durante unos instantes, ya que le había dado la impresión de atisbar algo más, sin poder determinar cómo ni qué, tras aquellos pequeños ojos y el fino perfil, que contrastaban con la tupida y oscura barba del jinete. Sin embargo, estaba prácticamente seguro de que ni lo conocía ni lo había visto en Ximes. El jinete desapareció casi al instante al doblar un recodo de la carretera arbolada. Y el monje retornó a las aprensivas elucubraciones de su soliloquio interior.

Al cabo de un rato pareció como si el sol hubiese bajado con rapidez insólita. Pese a la ausencia de nubes, a que el viento venía sin bruma, inexplicables tinieblas comenzaron a oscurecer aun los más visibles claros del bosque. Los troncos de los árboles se alzaban retorcidamente; los arbustos tomaron formas inquietantes, carentes de toda naturalidad, como si una frágil barrera separase el silencio que lo envolvía del fragor y el escándalo que unas voces diabólicas pudieran emitir en cualquier momento.

Ahora bien, para su tranquilidad recordó que cerca se hallaba una posada llamada Bonne Jouissance. Como apenas si había superado la mitad de su itinerario, resolvió pernoctar allí, pues no tardaría en divisar las luces. Antes de percibir su brillo dorado y benigno, las extrañas sombras que lo habían asediado semejaron detenerse y disiparse. Por fin llegó al refugio del patio de la posada con la impresión de haberse escapado por muy poco de un maléfico ejército de perversas entidades. Tras entregar su montura al cuidado de un mozo de establo, Ambrose penetró en la estancia principal.

El propietario lo recibió con empalagoso y grasiento alborozo. Cuando le aseguró que le había destinado la mejor de sus habitaciones, tomó asiento en una de las mesas donde otros ya aguardaban a que se sirviera la cena. Reconoció al jinete que lo había adelantado una hora antes. Se había sentado solo, algo apartado. Los demás huéspedes, un par de merceros itinerantes, un notario y dos soldados, saludaron al monje según la costumbre. Sin embargo, el jinete se levantó y fue a su encuentro para dedicarle una retahíla de excesivas cortesías.

—¿Os dignaréis cenar conmigo, bendito hermano? —le invitó con voz afectada y una familiaridad que a Ambrose le resultaba muy peculiar, pero sin poder afirmar a quién le recordaba.

—Soy el señor des Émaux, de Touraine, a vuestro servicio —prosiguió—. Al parecer hemos tomado la misma carretera; acaso también el mismo destino. En mi caso es la ciudad catedralicia de Vyônes. ¿Y en el vuestro?

Aunque vagamente conturbado y con ciertos recelos, Ambrose fue incapaz de rehusar la invitación. Respondió que también él se dirigía a Vyônes. Le desagradaba aquel señor des Émaux, cuyos ojos rasgados parecían eclipsar la luz de las velas con un brillo espeso, y de ademanes efusivos, incluso empalagosos. Ahora bien, no observó ningún motivo por el que debiese rechazar una cortesía sin duda sincera y bienintencionada. Se unió al huésped en la apartada mesa.

—Si no ando errado, sois benedictino —aseveró el señor des Émaux, contemplando al clérigo sonriendo con furtiva ironía—. Una orden que siempre he admirado, la más noble y elevada de las hermandades. ¿Os molesta si os pregunto vuestro nombre?

Ambrose se lo dio no sin disimuladas reticencias.

—Así pues, hermano Ambrose —dijo el señor des Émaux—, mientras nos preparan la cena propongo que brindemos a vuestra salud y por la prosperidad de vuestra orden con un tinto de Averoigne. Después de una larga jornada siempre es de agradecer un poco de vino, y no es menos beneficioso tomarlo antes que después de la comida.

Ambrose farfulló un asentimiento de mala gana. Ignoraba el motivo, pero su aversión crecía a cada instante. Creyó advertir un siniestro tono subrepticio en su voz ronroneante; su mirada despedía un brillo que asociaba a lo diabólico. Y mientras, el vacío le seguía atormentando la memoria. ¿Lo habría visto en Ximes? ¿Se trataba de un esbirro de Azédarac disfrazado?

El señor des Émaux se levantó de la mesa en busca del posadero para que les trajese vino. Incluso insistió en bajar a la bodega a fin de elegirlo personalmente. Ambrose se tranquilizó un poco al notar que la gente de la posada lo trataba con respeto y que lo conocía por su nombre. Cuando el posadero regresó, seguido por el señor des Émaux, con dos jarras de barro, había logrado zafarse de las preocupaciones que acosaban su aletargada memoria y los indeterminados recelos. Pusieron dos grandes copas sobre la mesa; acto seguido, el señor des Émaux escanció vino en ellas. A Ambrose le pareció como, si antes de verterlo, el fondo de una de las copas ya contuviese cierto líquido con el color de la sangre. Pero era algo que, a la tenue luz de las velas, no podría asegurar a ciencia cierta. Pensó que eran imaginaciones suyas.

—He traído dos vinos diferentes —indicó el señor des Émaux—. Ambos son tan excelsos que fui incapaz de inclinarme por uno. Acaso vuestro paladar esté más educado que el mío y podáis discernir cuál es mejor.

Empujó una de las copas hacia Ambrose.

—Este es el vino de La Frênaie —dijo—. Bebed. El puro fuego que dormita en su esencia elevará vuestro espíritu.

Ambrose asió la copa y se la llevó a los labios. El señor des Émaux se inclinó para inhalar el aroma de su propia copa. Algo en sus ademanes le parecieron terriblemente familiares. Con la furiosa claridad de un relámpago, su memoria le dijo que las facciones disimuladas tras la barba eran asombrosamente idénticas a las de Jehan Mauvaissoir, a quien había visto a menudo en la casa de Azédarac y que, según sus fundadas sospechas, también estaba implicado en las oscuras prácticas del obispo. ¡Qué estúpido había sido!, ¿cómo no se había dado cuenta antes?, ¿qué hechizo le estaría obnubilando las facultades? Incluso ahora seguía dudando; y no obstante, la mera elucubración lo aterrorizó como si sobre la mesa hubiera asomado la cabeza de una serpiente venenosa.

—Bebed, hermano Ambrose —le instó el señor des Émaux, apurando su propia copa—. A vuestra salud y a la de todos los buenos benedictinos.

Ambrose titubeó. Notaba los fríos e hipnóticos ojos de su interlocutor sobre él. A pesar de sus temores, era incapaz de resistirse. Con un leve estremecimiento, víctima de una incontestable voluntad, con el miedo de pensar que podría caer por efecto de un veneno instantáneo, apuró el contenido.

Poco después sus temores se confirmaron. El vino le quemaba cuello y labios como las llamas líquidas del Flegeo, como si por sus venas fluyera un caudal de azogue infernal. Y de pronto le invadió un tremendo e insoportable frío, lo atrapó un torbellino helado, la silla se fundió debajo de él y se sintió cayendo a lo más profundo de las simas heladas. Los muros de la posada se desvanecieron como el vapor que asciende de los ríos, las luces se apagaron como las estrellas ocultas por la negra niebla de una marisma; el rostro del señor des Émaux desapareció entre las sombras que se arremolinaban a su alrededor, como una burbuja que estalla en medio de la impasible calma de las aguas de un lago.

## III

Le costó bastante convencerse de que seguía vivo. Le había dado la sensación de haber estado cayendo eternamente de los cielos de una noche grisácea poblada de formas cambiantes, rostros indefinidos y mutables, masas que se transformaban en otras sin cobrar forma concreta. Por un momento, Ambrose creyó hallarse entre muros para, al instante, pasar de abismo en abismo en un mundo poblado de fantasmagóricos bosques. A veces creyó contemplar caras humanas, pero la certeza se evaporaba inmediatamente, todo se tornaba humo y sombras.

Bruscamente, sin aviso previo, dejó de caer. Los espectros se habían marchado. Delante de él se alzaba de nuevo el mundo real. Sin embargo, ya no se hallaba en la posada de Bonne Jouissance. Y ni rastro del señor des Émaux. Ambrose lo contempló todo sin poder creer lo que le había pasado y lo que le estaba pasando. Estaba sentado, a plena luz del día, sobre un gran bloque de granito toscamente tallado. Alrededor de él, a poca distancia, separados por un magnífico prado, se alzaba un bosque de altos pinos y hayas cuyos ramajes ya besaba la dorada luz del ocaso. Delante de él varios hombres aguardaban de pie. Parecían contemplarlo con profunda, casi religiosa estupefacción. De aspecto era fiero con atavíos que Ambrose jamás había visto, todos llevaban barba. Tenían el pelo largo y lacio cual maraña de serpientes negras y la mirada les ardía como llamas frenéticas. Todos empuñaban en la derecha toscos cuchillos de piedra.

Ambrose dudó: ¿estaba muerto?, ¿eran aquellos personajes criaturas de un desconocido averno? A la vista de los últimos acontecimientos, no era nada descabellado. Escrutó con temor a los presuntos demonios y farfulló entre dientes una plegaria a Dios, que tan inexplicablemente lo había dejado a merced de los enemigos de la fe. Entonces pensó en los poderes necrománticos de Azédarac y aventuró una nueva conjetura: lo habían alejado espiritualmente de la posada de Bonne Jouissance para ponerlo en manos de los engendros presatánicos a los que servía el obispo de Ximes. Terminó por aceptar esta hipótesis tras convencerse a sí mismo de que estaba bien vivo y consciente, lo cual es bien distinto de cuando el alma se ha separado del cuerpo, y que aquella escena silvestre nada tenía que ver con las regiones del averno. Vivo y coleando, y en el mundo, si bien en circunstancias inexplicables, víctima de un peligro directo y desconocido.

Los extraños personajes seguían en completo silencio, como estupefactos hasta el punto de haberse quedado sin habla. El murmullo de las plegarias de Ambrose semejó que los hizo recobrarse de la sorpresa. Y no es que de pronto rompiesen a hablar, sino que se enzarzaron en un violento vocerío. Ambrose no entendía ni jota, sin poder discernir un solo vocablo en aquella jerigonza de sibilantes y aspiradas que una garganta humana apenas si podría articular. Lo único que finalmente distinguió fue algo parecido a *taranit*, ya que lo repetían con frecuencia, y se preguntó si se trataría de algún súcubo de naturaleza particularmente perversa.

La perorata empezó a cobrar cierta cadencia rítmica, con la entonación propia de un cántico primitivo. Dos de ellos se avanzaron y aprehendieron a Ambrose, mientras las voces del resto se elevaron en frenética y triunfal letanía. Sin darle tiempo a enterarse de lo que le había sucedido, y todavía menos de lo que le iba a suceder, uno de los captores lo tumbó, al tiempo que el otro elevaba sobre su cabeza una ancha hoja de piedra tallada que apuntaba a su corazón. Con exaltado terror, el monje pensó que de un momento a otro le traspasarían el pecho.

Y entonces, por encima del cántico, que había adquirido un enajenado y maligno frenesí, percibió el dulce e imperioso grito de una voz femenina. Sus palabras le sonaron discordantes en plena turbulencia de terrores, pero sin duda sus aprehensores las entendieron al instante y las recibieron como una orden incontestable. Apartaron de su pecho la hoja de piedra y le permitieron sentarse de nuevo sobre el bloque.

Su salvadora se hallaba al fondo del claro, bajo la ancha sombra que proyectaba un pino muy viejo. A medida que se aproximaba, los extraños seres se apartaron y se prosternaron a su paso; sin lugar a dudas, les inspiraba un profundo respeto. Era muy alta, de ademanes regios y decididos. Llevaba un atavío azul oscuro, brillante como el firmamento estrellado de una clara noche estival. Una larga trenza le recogía los cabellos castaños, fulgentes y gruesos como los anillos de una serpiente oriental. Peculiares eran sus ojos ambarinos, el carmesí de los labios guardaba cierta frialdad de sombra silvestre y la piel exhibía una delicadeza superior a la del alabastro. Ambrose juzgó que era hermosa y, sin embargo, le insuflaba el mismo desasosiego que hubiera sentido frente a una reina, todo ello mezclado con el temor y la consternación que un joven monje podía aventurar en presencia de un cautivador demonio.

—Venid conmigo —casi le susurró en una lengua que, merced a su formación monástica, reconoció como variante arcaica del francés de Averoigne y que nadie hablaba desde hacía varios siglos.

Para su propia sorpresa, cuando se levantó y se puso a seguirla, ninguno de sus captores hizo ademán de oponerse ni le manifestó hostilidad. La mujer lo condujo por una estrecha vereda que se internaba sinuosamente en las profundidades de la floresta. Poco después, el claro, el bloque de piedra, los hombres extrañamente vestidos, desaparecieron de su vista entre el espeso follaje.

—¿Quién sois? —le preguntó la dama, girándose para mirarle al rostro—. Parecéis uno de esos locos misioneros que han empezado a llegar a Averoigne. Creo que la gente los llama cristianos. Los druidas han sacrificado a tantos de ellos a Taranit que me sorprende que aún tengáis valor de acercaros a esta región.

Ambrose tuvo muchos problemas para seguir su arcaico lenguaje; el contenido de las palabras le sonaba tan extraño y desconcertante que pensó que la estaba malinterpretando.

—Soy el hermano Ambrose —contestó lenta y torpemente, procurando recurrir a sus limitados conocimientos del antiguo dialecto—. Por supuesto, soy cristiano y confieso que apenas os entiendo. Los paganos druidas no me resultan desconocidos; sin embargo, seguramente ya hace muchos siglos que desaparecieron de Averoigne.

La mujer contempló al clérigo sin ocultar su sorpresa y compasión. Los ojos le brillaban como un vino suave y resplandeciente.

—Pobrecito mío —dijo—. Me temo que vuestras recientes y horribles peripecias os han trastornado un poco. Por fortuna me hallaba cerca y fue acertada mi decisión de intervenir. No suelo inmiscuirme en los asuntos de los druidas y sus sacrificios; ahora bien, cuando os vi sentado sobre su altar, me sorprendieron vuestra juventud y candidez.

A cada instante que transcurría, Ambrose pensaba que era víctima de un encantamiento muy extraño y, sin embargo, no podía discernir su auténtica naturaleza. No obstante, en medio de su desconcierto y conturbación, se percató de que debía la vida a aquella hermosa dama y comenzó a balbucearle su gratitud.

—No hay nada que agradecer —respondió la mujer con una dulce sonrisa—. Soy Moriamis la Hechicera. Los druidas temen mi magia, mucho más poderosa y refinada que la suya, aunque solo la empleo para salvar a los hombres, no por placer ni frivolidad.

El monje casi se desmayó al oír que su bella salvadora era una bruja, aunque sus poderes fuesen manifiestamente benignos. Aumentó todavía más su conturbación, pero juzgó que lo más conveniente era ocultarle tales sentimientos.

—De nuevo os manifiesto mi gratitud —insistió—. Y mi deuda con vos aumentará más si cabe si me indicáis el camino que conduce a la posada de Bonne Jouissance, en la que me hallaba no ha mucho.

Moriamis arqueó sus delgadas cejas.

—Es la primera vez que oigo semejante nombre. En esta región no existe ningún lugar denominado así.

—Pero este es el bosque de Averoigne, ¿no es cierto? —inquirió el desconcertado Ambrose—. Y sin lugar a dudas, estamos cerca de la carretera que media entre Ximes y Vyônes.

—Tampoco me suenan esos nombres —replicó Moriamis—. Por supuesto, Averoigne es el nombre que reciben estas marcas y este el gran bosque de Averoigne, llamado así por los hombres desde los primeros tiempos. Pero no existen esas ciudades cuyos nombres mencionáis. Me temo, hermano Ambrose, que todavía no os habéis restablecido del todo.

La perplejidad del monje lindaba la locura.

—Me han encantado —se dijo a sí mismo en voz alta—. Estoy convencido de que todo es obra de Azédarac, ese taimado hechicero.

La mujer reaccionó como si una avispa la hubiese aguijoneado. La mirada inquisitiva que le lanzó tenía una peculiar muestra de inquietud y severidad.

—¿Azédarac? —repitió— ¿Qué sabéis vos de Azédarac? Una vez tuve tratos con alguien que se llamaba así. Me pregunto si sería el mismo Azédarac: alto, pelo un poco cano, mirada intensa y oscura, pose soberbia, medio iracunda, con una marcada cicatriz sobre la ceja...

Inmensamente aturdido y más preocupado que nunca, Ambrose corroboró que aquella descripción coincidía de lleno. Dándose cuenta de que sus extrañas tribulaciones lo habían conducido a los clandestinos antecedentes del brujo, reveló a Moriamis el contenido de sus averiguaciones, con la esperanza de intercambiar más información sobre él.

La mujer lo escuchó como quien demuestra un enorme interés pero sin sorprenderse lo más mínimo.

—Ahora comprendo vuestro gran desasosiego —reflexionó ella en voz alta—. Creo que también conozco a ese tal Jehan Mauvaissoir: se trata de su acólito, aunque en otros tiempos se llamaba Melchire. Ambos siempre han sido siervos del mal; han rendido culto a los Antiguos según unos ritos olvidados o totalmente ignotos entre los druidas.

—En verdad espero que podáis explicarme qué me ha sucedido —aseveró Ambrose—. Tomar un vaso de vino al anochecer en una taberna y, de repente, despertar en el corazón del bosque a la luz del ocaso entre engendros como estos resulta de lo más extraño, atroz y demoniaco.

—En efecto —corroboró Moriamis—. Y más extraños todavía resultan vuestros sueños. Contadme, hermano Ambrose: ¿en qué año os encontrabais cuando entrasteis en la posada de Bonne Jouissance?

—¿Por qué lo preguntáis? Por supuesto, el año de Nuestro Señor de 1175. ¿Cuál iba a ser si no?

—Los druidas tienen una cronología distinta —repuso Moriamis— y acaso su cómputo no signifique nada para vos. Ahora bien, según las enseñanzas de los misioneros cristianos que se aventuran en Averoigne, nos hallamos en el año 475 después de Cristo. Se os ha hecho retroceder al menos siete siglos en lo que la gente de vuestra época diría que es el pasado. El altar druídico donde yacíais probablemente es el lugar en que, en el futuro, se asentará la posada de Bonne Jouissance.

Ambrose estaba más que aturrullado. El significado exacto de las palabras de Moriamis se le escapaban vertiginosamente.

—¡Eso es imposible! —exclamó— ¿Cómo se puede retroceder en el tiempo y despertar entre gentes que llevan siglos siendo solo polvo y cenizas?

—Acaso sea Azédarac quien tenga la clave de este misterio. Sin embargo, sé que el pasado y el presente coexisten con lo que se denomina presente; únicamente se trata de dos porciones del círculo del tiempo. Los contemplamos y nombramos según nuestra propia posición en el círculo.

Ambrose pensó que era prisionero de la nigromancia más abyecta y execrable, que era víctima de sortilegios diabólicos desconocidos aun entre los más doctos de la Cristiandad. Sabedor de que ni siquiera la menor protesta ni la más ferviente de las plegarias servirían, de pronto, por encima de la masa de elevados pinos que flanqueaban el sendero por el que seguía a Moriamis, divisó una torre de piedra con pequeñas ventanas romboidales.

—Mi hogar —anunció Moriamis.

La espesura de la vegetación menguaba a medida que ascendían por el camino que llevaba a lo alto de la pequeña loma sobre la que se asentaba la construcción.

—Hermano Ambrose, consideraos mi huésped.

No pudo declinar la hospitalidad, pese a juzgar que Moriamis era el tipo de anfitriona menos recomendable para un monje casto y temeroso de Dios. No obstante los recelos que le suscitaba, bien era cierto que aquella mujer lo fascinaba. Se sentía como una criatura desvalida y constituía su única protección en un mundo erizado de peligros y misterios inexplicables.

El interior de la torre estaba limpio y despejado, y emanaba la sensación de hogareño, si bien el mobiliario era basto de un modo desconocido para Ambrose, con tapices ricos pero tejidos con cierta tosquedad. Una sirvienta, alta como Moriamis pero de piel más oscura, le ofreció un gran cuenco de leche y pan de sémola. Por fin pudo saciar el hambre que padecía desde su entrada en la posada de Bonne Jouissance.

Cuando se sentó para dar buena cuenta de las sencillas viandas, se apercibió de que aún conservaba el *Libro de Eibon* en el bolsillo interior de su hábito. Lo sacó y se lo entregó a Moriamis con ciertas reservas. Los ojos de la mujer se abrieron como platos, pero no comentó nada hasta que el huésped terminó de comer.

—No me cabe la menor duda: este libro pertenece a Azédarac, antiguo vecino mío. Conozco bien a ese canalla; de hecho, demasiado bien... —una oculta emoción le hizo palpitar el pecho; se detuvo por unos instantes— Era el más sabio y poderoso de los hechiceros; empero, el más hermético: nadie sabe cómo y cuándo llegó a Averoigne, ni cómo fue capaz de procurarse el inmemorial *Libro de Eibon*, cuyos caracteres rúnicos están más allá de la comprensión de otros brujos. Era maestro en todas las artes de la hechicería, trataba con los demonios más terribles, podía crear las pociones más devastadoras. Algunos de sus bebedizos permitían, a quien los tomase, ir adelante y atrás en el tiempo. Supongo que Melchire, o Jehan Mauvaissoir, os administró alguno. Y que el mismo Azédarac, con su acólito, usaron otro, quizá no por vez primera, para pasar de la época de los druidas a la del futuro, en la que predomina esa Cristiandad a la que pertenecéis. Había un frasco de rojo intenso para el pasado y uno verde para el futuro. ¡Fijaos!, tengo uno de cada, sin que Azédarac supiese que obran en mi poder.

Abrió un pequeño armario que contenía diversos amuletos y medicamentos, hierbas secadas al sol, perfumes hechos a la luz de la luna, toda la parafernalia propia de una hechicera. Entre todos aquellos componentes extrajo los mencionados objetos: uno con un fluido carmesí del color de la sangre, y el otro que resplandecía con el fulgor de las esmeraldas.

—Los robé un día, poseída por la curiosidad propia de las mujeres, de un almacén secreto donde oculta sus filtros, elixires y demás fórmulas —prosiguió Moriamis—. Si lo hubiese deseado, podría haberle seguido hasta el futuro, pero mi era me agrada demasiado. Además, no soy de esa clase de mujeres que persigue a un amante frío y reticente...

—Así pues —aventuró Ambrose en voz alta, más desconcertado que nunca pero un poco esperanzado—, si ingiero el contenido del frasco verde podría regresar a mi propia época.

—Así es. Y por lo que me habéis contado, vuestro regreso constituiría una fuente de problemas para Azédarac. Es muy propio de él haberse establecido en una cómoda situación de privilegio. Siempre ha deseado dominarlo todo, sin renunciar al lujo y los placeres. Estoy segura de que no le haría ninguna gracia si llegarais a hablar con vuestro arzobispo... No soy vengativa por naturaleza y... sin embargo...

—Resulta difícil de creer que alguien llegue a cansarse de vos —observó con galantería el monje, que ahora empezaba a comprender.

Moriamis sonrió.

—Eso ha sido muy bonito. Sois un joven realmente encantador, a pesar de vuestro sombrío atuendo. Me alegro de haberos salvado de los druidas, que os habrían arrancado el corazón para ofrecerlo a Taranit, su demonio.

—Entonces, ¿me devolveréis a mi tiempo?

El ceño de Moriamis se frunció ligeramente, aunque al instante recobró toda su esplendorosa expresión seductora.

—¿Tanta prisa tenéis por dejar a vuestra anfitriona? Ahora que os halláis en otro siglo, un día, una semana, un mes, no alterará el momento de vuestro regreso. Conservo las fórmulas de Azédarac y, si es preciso, sé manipular la dosis de la poción. El lapso habitual de tiempo son exactamente siete siglos; ahora bien, el filtro se puede hacer un poco más fuerte o más suave.

El sol ya se hallaba tras los pinos, un tenue crepúsculo se adueñaba de la torre. La sirvienta los había dejado a solas. Moriamis se acercó y se sentó junto a Ambrose, sobre el tosco banco que ocupaba. Sin dejar de sonreír, sus ojos ambarinos lo traspasaron cual lánguida llama, un fuego que semejó cobrar vida a medida que avanzaba el atardecer. Sin musitar palabra, comenzó a soltarse la tupida cabellera, de la que emanó una fragancia sutil y deliciosa como la de la uva a punto de cosecharse.

Aquella arrobadora proximidad perturbó a Ambrose.

—No estoy completamente seguro de que lo mejor sea quedarse. ¿Qué pensaría el arzobispo?

—Pequeño mío, al menos faltan seiscientos cincuenta años para que nazca el arzobispo. Y eso será todavía mucho antes de que vos mismo lo hagáis. Y a vuestro regreso, cualquier cosa que haya sucedido durante vuestra estancia conmigo que tenga como mínimo siete siglos... bastará para que se os exonere del cualquier pecado, sin importar las veces que lo cometáis.

Como un hombre que se ha aventurado en los dominios de un sueño increíble pero que lo termina encontrando agradable,

Ambrose cedió a aquellos argumentos tan convincentes. Apenas imaginaba qué iba a ser de él pero, en las circunstancias excepcionales expuestas por Moriamis, pensó que la austeridad de la disciplina monástica se podía relajar un poco sin desembocar en la perdición del alma ni poner en peligro ninguno de sus votos.

## IV

Varias semanas después, Moriamis y Ambrose se hallaban junto al altar de los druidas. Era la última hora del día. La luna creciente se alzaba con resplandor argénteo sobre el solitario claro y las copas de los árboles. El cálido aliento estival de la noche era suave como el suspiro de una mujer cuando duerme.

—Así pues, ¿es preciso que te vayas? —inquirió Moriamis, implorante y apesadumbrada.

—Es mi deber. Debo presentarme ante Clément con el *Libro de Eibon* y las demás pruebas que he reunido contra Azédarac.

A medida que las pronunciaba, sus propias palabras le infundieron una peculiar sensación de irrealidad. Pese a intentarlo con todas sus fuerzas, en vano procuró convencerse de la validez de sus argumentos. Su idilio con Moriamis, a la que se sentía ligado sin el menor remordimiento de culpa, otorgaba a todos los acontecimientos precedentes cierta fragilidad sombría. Exento de cualquier responsabilidad o prohibición en el inocente olvido de los sueños, había vivido como un feliz e inconsciente pagano y, ahora, debía retornar a la rigurosa existencia de un clérigo medieval, cautivo de un oscuro e implacable sentido de la responsabilidad.

—No pretendo retenerte —suspiró Moriamis—. Pero te echaré de menos y te recordaré como magnífico amante y solícito compañero. Aquí está el filtro.

A la luz de la luna, el frasco estaba frío y apenas se distinguía su color. Moriamis vertió el contenido en una diminuta copa que entregó a Ambrose.

—¿Estás segura de que funcionará con precisión? —

preguntó el monje— ¿Regresaré a la posada de Bonne Jouissance no mucho después del momento en que desaparecí?

—No temas —repuso Moriamis—. La poción es infalible. Pero aguarda, también te he traído el otro frasco, el que sirve para trasladarse al pasado. Llévatelo, quién sabe si algún día desearás volver a verme.

Ambrose aceptó el frasco rojo y lo guardó en su hábito, junto al antiguo manual de brujería hiperbórea. Después, tras despedirse convenientemente de Moriamis, con súbita resolución tomó el contenido.

La luz de la luna, el altar gris, Moriamis, todo lo engulló un torbellino de fuego y tinieblas. Se debatió en un infinito deambular de paisajes fantasmagóricos, luchando en universos inestables y cambiantes a cada momento, mundos que se formaban y se destruían con un mero suspiro.

Y al final se despertó, sentado de nuevo en la misma posada de Bonne Jouissance, en la misma mesa que había compartido con el señor des Émaux. Era de día, la estancia estaba abarrotada de gente; entre el barullo de voces y rostros, buscó en vano el del lozano posadero, el de los sirvientes y los parroquianos con que había coincidido. No reconoció a nadie, el mobiliario estaba extrañamente desgastado y era de peor gusto de lo que recordaba.

Al notar la presencia de Ambrose, la gente comenzó a fijarse en él con indisimulada curiosidad y sorpresa. Un hombre de elevada estatura y expresión algo atormentada se acercó rápidamente y le hizo una reverencia con un ademán en parte servil pero repleto de insolencia.

—¿Qué deseáis? —preguntó.

—¿Es esta la posada de Bonne Jouissance?

El posadero miró fijamente a Ambrose.

—No, es la posada de Haute Esperance, de la que soy propietario desde hace treinta años. ¿Acaso no habéis leído la placa de la entrada? En tiempos de mi padre se llamaba posada de Bonne Jouissance, pero a su muerte le cambiamos el nombre.

La consternación se adueñó del ánimo de Ambrose.

—Pero la posada tenía otro nombre y la dirigía otra persona cuando, no hace mucho, la visité —exclamó desquiciado—. El propietario era un hombre robusto y jovial, no se parecía en nada a vos.

—Así era mi padre —repuso el posadero, lleno de recelo—. Ya lleva muerto treinta años; cuando falleció vos ni siquiera habíais nacido.

Ambrose comenzó a comprender lo que había pasado. ¡Por algún error de cálculo, por exceso de potencia, la poción lo había adelantado excesivamente con respecto a su época!

—Debo proseguir mi viaje a Vyônes —dijo estupefacto, sin ser completamente consciente de las consecuencias de aquella situación—. Debo entregar sin falta un mensaje al arzobispo Clément.

—¡Pero si Clément murió mucho antes que mi padre! —exclamó el propietario de la posada— ¿De dónde venís, que ignoráis todo esto? —Por su forma de tratarlo, estaba claro que ya empezaba a preguntarse si Ambrose estaba en sus cabales.

Los demás, pendientes de la extraña conversación, se habían acercado hasta formar un gran corro y asaetearon al monje con preguntas punzantes y, en ocasiones, obscenas.

—Y, ¿qué ha sido de Azédarac, el obispo de Ximes? ¿También está muerto? —preguntó, desesperado.

—Sin duda os referís a san Azédarac. Vivió más años que Clément; sin embargo, ya hace treinta y dos que está muerto y bien canonizado. Algunos dicen que no murió, sino que se fue al cielo en vida y que su cuerpo nunca fue enterrado en el gran mausoleo que construyeron en Ximes en su honor. Pero sin duda eso es pura leyenda.

Desbordado por la sorpresa, a Ambrose lo apabulló una implacable desolación. Y mientras, a su alrededor se había arremolinado más y más gente. Pese a su hábito, fue víctima de mofas y comentarios groseros.

—El buen hermano está un poco ido —observó alguien.

—Los vinos de Averoigne son demasiado fuertes para él —dijeron otros.

—¿En qué año estamos? —preguntó Ambrose, totalmente desesperado.

—Este es el año de Nuestro Señor de 1230 —contestó el posadero, riendo con fuerza—. ¿En qué año deberíamos estar?

—La última vez que estuve en esta posada era el año 1175.

Sus palabras hicieron aflorar más carcajadas y burlas.

—Caramba, joven señor, pero si entonces ni tan solo os habían concebido —calculó el propietario. Entonces, como recordando algo de repente, añadió en tono pensativo—: cuando era un niño, mi padre me contó algo sobre un joven monje, tendría vuestra edad, que llegó a la posada de Bonne Jouissance una noche del verano de 1175 y que, tras beberse una jarra de tinto, se desvaneció misteriosamente. Me parece que se llamaba Ambrose. Quizá vos seáis ese Ambrose y que habéis vuelto después de haber estado quién sabe dónde. —Hizo un guiño de complicidad. La broma la captaron enseguida los habituales y la propagaron por toda la estancia.

Ambrose intentó recapacitar. La muerte y desaparición de Azédarac hacían que su misión careciera de sentido. Nadie en Averoigne se acordaría de él ni lo creería. Lo mordió la desesperanza de una soledad de gentes extrañas y de una época en la que era un intruso.

Súbitamente, se acordó del frasco rojo que le había dado Moriamis antes de partir. Quizá también con ella fallasen los cálculos en el tiempo, pero le obsesionaba huir de aquella situación tan compleja como desconcertante. Además, añoraba a la mujer como una criatura perdida echa de menos a su madre; el hechizo de los días que había pasado con ella lo llamaba como un cebo irresistible.

Haciendo caso omiso de los rostros burlones y los comentarios groseros, sacó el frasco rojo del bolsillo, lo descorchó y bebió todo el contenido...

# V

Había vuelto al claro, junto al colosal altar. Moriamis estaba de nuevo junto a él, deseosa, cálida, suspirante. La luna seguía brillando por encima de los pinos, como si solo hubiesen transcurrido unos instantes desde la separación.

—Pensé que acaso regresarías —dijo Moriamis—. Y te he esperado un rato.

Ambrose le narró el singular episodio de su viaje por el tiempo.

Moriamis asintió gravemente.

—La poción verde era más potente de lo que había calculado —comentó—. Por fortuna, el líquido rojo tenía la misma concentración, pero a la inversa, y has podido regresar junto a mí desde esos años de más. Tu única opción es quedarte conmigo, solo tenía esos dos frascos. Espero que no te importe.

Ambrose le demostró, de modo más bien poco monacal, que no se equivocaba.

Moriamis nunca le contó que había manipulado por igual ambos filtros gracias a la fórmula secreta que ella misma había robado a Azédarac.

[1933]

# EL COLOSO DE YLOURGNE

## 1. El vuelo del nigromante

EL TRES VECES MALDITO NATHAIRE, alquimista, astrólogo y nigromante, con sus diez malvados acólitos, había partido de de Vyônes repentinamente y por causas enigmáticas. Entre el común de la ciudad se pensaba que su huida la había motivado la bienvenida campaña eclesiástica de persecución y tortura. Otros hechiceros de menor talla ya habían visitado el potro durante un año de insólita actividad inquisitorial; asimismo, de todos era sabido que la Iglesia reprobaba las actividades de Nathaire.

Muy pocos creían que su partida se debiera a algún misterio. Ahora bien, la marcha y el destino del brujo y sus seguidores se consideraron más que inquietantes. Afloraron incontables rumores supersticiosos. Los transeúntes se persignaban al pasar cerca de la gran y tenebrosa casa que Nathaire había construido cerca de la catedral y que había decorado con profusión y exotismo satánicos. Dos ladrones que osaron entrar en la mansión, cuando se supo a ciencia cierta que el propietario la había abandonado, afirmaron que su amo se había llevado gran parte del mobiliario, los libros y otros objetos. Tales comentarios acrecentaron el sacrílego misterio: era materialmente imposible que Nathaire y sus diez servidores, con varios carromatos atiborrados de pertenencias, hubiesen franqueado las puertas de la ciudad, permanentemente custodiadas, sin el conocimiento de la guardia.

Los más devotos y píos comentaban que el Archienemigo, secundado por una legión de ayudantes alados, se había llevado sus cuerpos en una noche sin luna. Algunos clérigos y ciudadanos de reputación incuestionable aseveraron haber presenciado cómo unas sombras con forma vagamente humana volaban hacia las estrellas, acompañadas por otras todavía menos humanas. Además, habían percibido los aullidos de aquella hueste infernal cuando, formando una impía nube, sobrevolaron las casas y los muros de la ciudad. Otros pensaban que habían sido los mismos hechiceros los que, mediante prácticas diabólicas, habían salido de Vyônes con una rapidez tal que Nathaire, tras haber sufrido una prolongada crisis de fiebre, podría haber perecido del mismo modo que las víctimas sucumben bajo las llamas de una pira inquisitorial o las del mismo Tártaro. Se pensaba que el hechicero había consultado el horóscopo y que, por primera vez en más de cincuenta años, había observado una inminente y nefasta conjunción de planetas que implicaba el fin del mundo. En cambio, otros, entre los que se contaban astrólogos y brujos rivales, sentenciaron que Nathaire se había retirado del mundanal ruido para poder tratar abierta y constantemente con varios demonios y, de este modo, urdir sin obstáculos negros sortilegios de suprema y licantrópica maldad. Unos hechizos que, dijeron, obrarían sobre Vyônes y acaso toda la región de Averoigne, y que sin duda se materializarían en forma de plagas inmundas, tormentos en masa o invasiones de íncubos y súcubos.

En medio de aquel hervidero de murmuraciones afloraron numerosas leyendas semiolvidadas. Y por las noches se creaban nuevas. El misterioso nacimiento de Nathaire y su imprecisa errancia antes de que, seis años antes, se estableciera en Vyônes, dieron mucho que hablar. La gente aseveraba que lo había engendrado un monstruo, como el Merlín de las fábulas: que su padre era una entidad no inferior a la de Alastor, y su madre una bruja enana y deforme. Del primero había heredado la perversidad y la maldad; de la segunda, debilidad de mente. Había viajado por los reinos de Oriente; maestros egipcios o sarracenos le habían transmitido los saberes de la nigromancia, en cuya práctica apenas si tenía rival. Circulaban velados rumores relativos al uso que hacía de cadáveres largo tiempo sepultados, de huesos sin carne, de unas prácticas ejercidas sobre los muertos capaces de horrorizar al emisario del Juicio Final. Aunque nunca había sido popular, muchos le habían solicitado consejo y ayuda para conseguir propósitos de ambigua naturaleza. Una vez, cuando llevaba tres años residiendo en Vyônes, fue lapidado en público a causa de sus presuntas prácticas nigrománticas. Una de las piedras lo dejó cojo de por vida. Una lesión que, se creyó, jamás perdonaría. Y se afirmó que por eso cargaría contra la Iglesia con el odio demoniaco de un Anticristo. Aparte de atribuirle maldades y hechicerías, durante mucho tiempo se lo había considerado un corruptor de menores. Pese a su escasa estatura, su deformidad, su repugnante aspecto, ejercía un notable influjo, una persuasión mesmérica. Y sus discípulos, a los que se comentaba que sometía a abominaciones y enseñaba iniquidades sin fin, eran jóvenes de futuro más que prometedor. En definitiva, la desaparición del brujo se consideró una liberación providencial.

Hubo ciudadanos que quedaron al margen de toda actividad especulativa. Uno de ellos era Gaspard du Nord, estudioso de ciencias prohibidas, discípulo de Nathaire durante un año. Sin embargo, cuando crecieron los rumores sobre las barbaridades que cometía, renunció y dejó discretamente la casa del maestro. No obstante, le había transmitido conocimientos sobre temas extraños; incluso compartió con él ciertas nociones para penetrar en los poderes siniestros. Por todo elo, Gaspard optó por mantenerse al margen cuando se enteró de la marcha de Nathaire. Además, juzgó prudente no reavivar el recuerdo de su estancia con el brujo. Solo y con sus libros en una buhardilla escasamente amueblada, frunció el ceño ante el reflejo de su imagen en un pequeño espejo rectangular cuyo marco lo formaban unas víboras doradas. Un objeto que antes había pertenecido a Nathaire. No frunció el entrecejo debido a la imagen de su joven y hermoso rostro, surcado por ínfimas arrugas. A decir verdad, quien mirase en él vería reflejadas unas imágenes muy distintas de las normales. Por un momento muy breve, contempló una escena tan extraña como ominosa. Reconocía a los individuos, pero no el lugar donde se hallaban. Una peculiar neblina cubrió la visión antes de poderla examinar con detenimiento. No vio nada más. Aquella bruma solo significaba que Nathaire se sabía observado y que, para evitarlo, había lanzado un contrahechizo. Aquel hecho, unido a la breve ojeada que pudo hacer a las actividades de Nathaire, inquietaron tanto a Gaspard que insuflaron en su mente un vívido horror: un horror para el que, sin embargo, aún carecía de nombre o de forma.

## 2. El reclutamiento de los muertos

Nathaire y sus discípulos partieron a finales de la primavera de 1281, durante la oscuridad interlunar. Después, una luna nueva enceró con espectral plata los campos silvestres y los árboles con nuevos brotes. Cuando menguó, la gente empezó a murmurar sobre otros magos y enigmas más novedosos. Entonces, a principios del estío, en las noches sin luna, sucedieron una serie de desapariciones mucho más extrañas e inexplicables que la del propio brujo. Un día, los sepultureros, que habían comenzado a faenar muy temprano en el cementerio de los extramuros de Vyônes, descubrieron que se habían profanado más de seis tumbas recientemente abiertas; se habían llevado a sus ocupantes, todos ellos ciudadanos de reputación. Cuando se investigaron las causas, resultó bien evidente que no había sido obra de simples profanadores en busca de alhajas o prendas caras. Los ataúdes, atravesados o visiblemente desplazados del molde, presentaban manifiestos indicios de haber sido astillados desde dentro con fuerza sobrehumana. Y la tierra, aún fresca, la habían removido como si los mismos cadáveres la hubiesen apartado para salir a la superficie. No se encontró ni rastro de los cuerpos, como si se los hubiera tragado el Averno. Y que se supiera, nadie había presenciado nada. Solo se encontró una explicación plausible: demonios. Habían profanado las sepulturas para poseer sus formas corpóreas y abandonar su perpetuo confinamiento.

Para horror y consternación de todo Averoigne, aquellas desapariciones no fueron las únicas, sino solo el comienzo de muchas posteriores. Fue como si una irresistible convocatoria impeliese a los muertos a renegar de sus tumbas. Durante las noches de dos semanas, los cementerios de Vyônes, otras ciudades, pueblos y villorrios padecieron aquella plaga: fosas comunes, panteones de familias ricas y nobles, las marmóreas criptas catedralicias... toda suerte de tumbas padeció el extraño éxodo de sus perpetuos inquilinos. Y peor aún, al final los cadáveres recientemente enterrados terminaron por salir de los ataúdes, ajenos a las miradas de los mortales, corriendo frenéticamente en grandes hordas en plena noche. Nadie los volvió a ver jamás.

Todos ellos pertenecían a jóvenes recientemente fallecidos pero que, en vida, habían gozado de excelente salud y que habían finado por accidente o en circunstancias violentas. Algunos se trataban de criminales que habían pagado caras sus felonías; otros eran hombres de armas u oficiales de rango muertos en batalla, caballeros caídos en torneos o en combate singular. Y muchos que habían sido víctimas de los bandoleros que en aquella época infestaban la región de Averoigne: monjes, mercaderes, nobles, terratenientes, pajes o sacerdotes. Ahora bien, todos ellos habían muerto en plena juventud. Parecía como si los demonios menoscabaran a los fallecidos por enfermedad o vejez. Los más supersticiosos afirmaron que la situación era peor que el presagio del fin de mundo. Satán combatía al género humano con sus cohortes y raptaba los cuerpos enterrados en suelo sagrado para confinarlos en el infierno. La conturbación alcanzó el límite cuando se comprobó la inutilidad de cualquier exorcismo para detener aquel horror. La misma Iglesia se mostró impotente ante aquella manifestación del mal y las fuerzas de la ley poco podían hacer frente a tales hechos.

Persuadidos por el miedo, nadie intentó seguir a los cadáveres. Ahora bien, al poco circularon macabras historias contadas por viajeros que se habían topado en los caminos con aquellos espectros. Tenían el aspecto de estar ciegos, sordos, ajenos al entorno, pero se movían a increíble velocidad, con la total certeza de conocer su destino. Casi todos se dirigían hacia el este. Sin embargo, hasta que no cesó aquella brutal migración (se llegaron a contar varios centenares), nadie tuvo la menor sospecha del destino real de las entidades errantes. Se especuló con el castillo de Ylourgne, al otro lado del bosque poblado de licántropos, en las colinas arboladas de Averoigne. Una execrable casta de barones malvados y saqueadores, ya extinta, lo había fundado sobre un enorme y escarpado peñasco; era un paraje que incluso evitaban las cabras montesas. Se decía que los ominosos espectros de sus señores transitaban turbulentamente por las ruinosas estancias, que las damas eran vampiresas. Nadie vivía en las inmediaciones; el punto habitado más próximo era un pequeño monasterio cisterciense, a más de una milla, en la vertiente opuesta del valle. Los monjes de tan austera comunidad apenas si se relacionaban con el mundo más allá de las colinas; asimismo, recibían muy pocas visitas. Ahora bien, durante aquel terrible verano de las desapariciones, por todo Averoigne circuló una extraña e inquietante historia. A finales de la primavera, los monjes presenciaron varios fenómenos acaecidos en las largamente abandonadas ruinas del castillo, las cuales se podían observar desde las ventanas del monasterio. Habían visto palpitar brillantes luces en un lugar en el que no tenía que haber ninguna: enigmáticas llamas azules y carmesíes que se estremecían detrás de las destrozadas saeteras o entre las melladas almenas, alzándose hacia el cielo estrellado. Se habían oído terribles sonidos procedentes de las ruinas, mezclados con el crepitar de las llamas; también los monjes habían percibido un fragor de yunques y martillos infernales, como el resonar de enormes armaduras y mazas. Por eso consideraban que Ylourgne había devenido una madriguera del Mal. El valle se llenó de un hedor mefítico, mezcla de azufre y carne chamuscada. Y aun en pleno día, cuando cesaban los sonidos y el resplandor de luces, entre los derruidos bastiones semejaba filtrarse una tenue neblina azulada. Para los monjes era evidente que el castillo lo ocupaban seres de los submundos infernales, puesto que no habían visto acercarse ni rondar a nadie por los andurriales. A la vista de estas señales del Archienemigo, se persignaban con renovado fervor y contumacia, y pronunciaban sus padrenuestros y avemarías con más devoción que nunca. Asimismo, redoblaron sus fatigas y austeridad. Por otro lado, como hacía muchos siglos que nadie habitaba en el castillo, no les cupo la menor duda de quiénes eran los actuales inquilinos. Por eso creyeron conveniente no inmiscuirse, a menos que se vieran claramente hostigados. Permanecieron constantemente alerta, pero durante varias semanas no tuvieron indicios de que nadie hubiese entrado ni salido de la fortaleza de Ylourgne. Las únicas pruebas de vida, ya fuese humana, ya diabólica, eran las luces y los ruidos nocturnos, y el azulado vapor durante el día.

Pero una mañana, debajo de las ajardinadas terrazas del monasterio, en el valle, dos hermanos que escardaban las malas hierbas de una huerta con zanahorias contemplaron el desfile de una peculiar comitiva de gente que procedía del gran bosque de Averoigne. Se encaminaban hacia la cima de la empinada colina en dirección al castillo de Ylourgne. Afirmaron los monjes que aquella gente marchaba con apresuramiento, con pasos rígidos pero decididos; además, todos manifestaban unas facciones extrañamente pálidas y llevaban los atavíos con que se viste a los muertos. Las mortajas estaban harapientas y hechas jirones, todos iban sucios, polvorientos como si hubieran seguido un largo y constante itinerario. Venían en grupos que sumaban aproximadamente una docena, y detrás, a ciertos intervalos, les seguían varios rezagados, todos con el mismo aspecto desastrado. Con inaudita rapidez y agilidad, remontaban la colina y desaparecían entre las barbacanas del castillo.

Por aquel entonces, los monjes aún desconocían los rumores de las tumbas y sepulcros profanados. No se enteraron hasta tiempo después, cuando ya llevaban muchas mañanas presenciando desde lejos el desfile de pequeños o grandes grupos de muertos en dirección al castillo. Los habían visto pasar a centenares, y muchos más que debieron de entrar en plena oscuridad. No obstante, no se había visto salir a nadie de Ylourgne, se los había tragado como un pozo insondable. Pese a dominarles el terror y la consternación, los monjes consideraron necesario hacer algo. Los más resueltos, indignados ante todas aquellas manifestaciones demoniacas, deseaban visitar el castillo provistos de agua bendita y crucifijos. Ahora bien, el abad, hombre sabio y prudente, les ordenó que aguardasen. Mientras tanto, las llamas nocturnas devinieron más brillantes y los sonidos aumentaron. Asimismo, en el compás de espera, en medio de las constantes plegarias de la comunidad acaeció un hecho espantoso. Theophile, uno de los monjes, contraviniendo la férrea disciplina de la orden, había efectuado numerosas visitas a las barricas de la bodega, sin duda para apaciguar el terror que le producía aquella situación. Desafortunadamente, en su embriaguez se despeñó por uno de los precipicios y se rompió el cuello.

Compadeciéndose del triste final y de su humana flaqueza, los hermanos llevaron el cuerpo de Theophile a la capilla y cantaron una misa por su alma. Las plegarias en las horas que preceden al amanecer fueron interrumpidas por la increíble resurrección del monje. A pesar de seguir con el cuello roto, se alzó, salió de la capilla como alma que lleva el diablo; se dirigió hacia la falda de la colina y, desde allí, fue hacia el castillo de Ylourgne, en el que por supuesto ardían las llamas y sonaban los hórridos ruidos.

## 3. Las aventuras y desventuras de los monjes

Después de tales acontecimientos, Bernard y Stephane, dos de los hermanos que habían mostrado su intención de visitar el castillo, lo solicitaron de nuevo al abad alegando que, sin lugar a dudas, Dios los asistiría en su venganza por el rapto del cuerpo del hermano Theophile y de cuantos otros cuyo reposo se había perturbado. Admirado por la firme determinación de aquellos dos monjes que deseaban acometer al demonio en su propia guarida, el abad consintió. Les proveyó de hisopos y frascos con agua bendita, así como grandes cruces de cedro como el usado para fabricar las mazas de los caballeros. Bernard y Stephane se encaminaron resueltamente hacia Ylourgne al alba con la intención de asaltar la guarida maldita. Las piedras y la resbaladiza cuesta dificultaban la subida. Pero ambos eran fuertes y ágiles, acostumbrados a aquella clase de marcha. El día era seco y sin aire, el sudor pronto impregnó sus prendas. Sin embargo, solo se detuvieron para una breve oración.

Enseguida alcanzaron el castillo. No se advertía presencia ni actividad en sus grises y desgastadas murallas. El profundo foso, otrora lleno de agua, estaba seco, parcialmente cubierto de maleza, tierra y detritus de los muros. El puente levadizo estaba caído, pero de la barbacana se habían desprendido tantos bloques de piedra que formaban una especie de camino sobre el que se podía transitar. No sin inquietud, los crucifijos enhiestos cual armas empuñadas por guerreros al asalto de una fortaleza, cruzaron las ruinas de la barbacana y penetraron en el patio principal, en apariencia también desierto. Su pavimento estaba levantado por los troncos y raíces de árboles diversos, por maleza y arbustos. La elevada y enorme torre del homenaje, la capilla y la zona cubierta donde se hallaba el gran vestíbulo, conservaban la estructura pese a siglos de deterioro. A la izquierda de la muralla exterior, una puerta bostezaba como la boca de una caverna en la escarpada masa de la estructura que albergaba el vestíbulo. De la apertura emanaba un vapor muy sutil y azulado que se retorcía en fantasmagóricas espirales hacia el cielo sin nubes. Al aproximarse al umbral, los hermanos divisaron el intenso brillo de llamas rojas como los ojos de un dragón que arden en las profundidades del infierno. Aquel lugar era una avanzadilla del averno, una antesala del Tártaro. Aun así, penetraron resueltamente, entonando exorcismos en voz alta y empuñando sus cruces en actitud desafiadora.

Al entrar se encontraron totalmente a oscuras, a causa de la intensa luminosidad exterior. Poco a poco se acostumbraron a la penumbra. Y fue entonces cuando presenciaron un monstruoso panorama plagado de detalles grotescos y terribles. Algunos de ellos eran enigmáticos e inquietantes. Otros, demasiado explícitos, se grabaron a fuego en la mente de los clérigos. Se plantaron en el umbral de una sala enorme que daba la sensación de haberse construido derribando los pisos superiores y las separaciones que mediaban entre el vestíbulo, ya de por sí enorme, y las salas adyacentes. La cámara semejaba retroceder por culpa de una inabarcable sombra, asaeteada por los rayos solares que se filtraban entre las grietas de los muros, pero la luz exterior era incapaz de derrocar el dominio de aquellas infernales tinieblas. Posteriormente, los hermanos aseguraron haber visto a muchas personas rondando el lugar con varios demonios; algunos eran sombras colosales, otros apenas si se diferenciaban de los hombres.

Aquellas personas, junto a unos servidores, estaban ocupadas en atender hornos reverberatorios y recipientes abombados en forma de calabaza, como los que se usan para la alquimia. Asimismo, varios estaban inclinados como brujos sobre calderos humeantes, encargados de preparar infames brebajes. Junto al muro opuesto había dos tinas grandiosas hechas de piedra y ladrillo cuyos bordes circulares superaban la altura de un hombre. Por ese motivo, ni Bernard ni Stephane pudieron atisbar su contenido. Una de las tinas desprendía un fulgor blancuzco; la otra, una rojiza luminosidad. Cerca de las tinas, más o menos a media distancia, había una especie de litera o diván de tejido muy caro, bordado con extraños motivos a la manera de los sarracenos. Uno de los monjes discernió sobre él a un ser de pequeñas proporciones, tez pálida y marchita, mirada intensa en puntos prendidos cual malévolo berilo en la oscuridad. El enano, que daba la impresión de hallarse en los últimos estertores de agonía, vigilaba las actividades de los hombres y sus familiares.

Los sorprendidos ojos de los hermanos comenzaron a captar otros detalles. Vieron que varios cadáveres, entre los que reconocieron al del infortunado Theophile, yacían en medio del suelo junto a un manojo de huesos arrancados de sus articulaciones y grandes trozos de carne apilada a la manera de los carniceros. Uno de los hombres tomaba huesos y los dejaba caer en un caldero debajo del cual ardían llamas carmesíes. Otro iba arrojando trozos de carne a un tubo lleno de una sustancia incolora que producía el sonido sibilante de un centenar de serpientes. Otros habían rasgado la mortaja de uno de los cadáveres, prestos a descuartizarlo con cuchillos muy largos. Otros seguían amontonando grandes tramos de peldaños junto a los laterales de las tinas o llevando recipientes con sustancias espesas que vertían en los depósitos.

Apabullados por aquel panorama, y con una indignación más que justificada, los monjes reanudaron sus salmodias de sonoros exorcismos y penetraron en la estancia. Ahora bien, pareció como si su irrupción hubiera pasado inadvertida. Pero Bernard y Stephane, presas de una cólera divina, estaban a punto de abalanzarse sobre los carniceros que habían comenzado a dar cuenta del cadáver. Habían reconocido el cuerpo, que no era otro que el de Jacques Le Loupgarou, notorio malhechor que había muerto pocos días antes tras un combate con los soldados. Famoso por su astucia y ferocidad, Le Loupgarou, había sido el terror de los bosques y los caminos de Averoigne. Los espadas del condestable habían dado buena cuenta de sus vísceras; la sangre seca de una terrible herida que iba de la sien a la boca le había acartonado y teñido la barba. Había perecido sin confesarse, pero los monjes estaban resueltos a impedir que su indefenso cadáver se usara para propósitos impíos.

El enano enfermo y de mirada maligna se percató de la presencia de los clérigos. Alzó su voz en un tono agudo e imperioso que anuló el abominable siseo de los calderos y el áspero murmullo de hombres y demonios. Sus palabras eran ininteligibles, sonaban como pronunciadas para formular un hechizo. Súbitamente, como si obedecieran una orden, dos de los hombres desatendieron sus tareas de alquimia; asieron sendas jofainas de cobre que contenían un líquido tan misterioso como fétido y lo arrojaron a los rostros de Bernard y Stephane, cegados por aquella sustancia corrosiva que mordió su carne como los colmillos de un millar de víboras. Al poco, los hediondos efluvios obraron en sus cerebros y se desplomaron, inconscientes, sobre el suelo.

Tras volver en sí, descubrieron que tenían las manos atadas férreamente; ya no podían empuñar los crucifijos ni los hisopos. La irritante voz del enano les instó a levantarse. Con torpeza y dificultad por estar maniatados, obedecieron. Bernard, todavía bajo los nocivos efectos del vapor, se cayó dos veces hasta que logró mantenerse erguido. Tales problemas suscitaron la hilaridad general, los brujos se rieron obscenamente de él. El enano los provocaba y ofendía con blasfemias tan tremendas que solo las podría pronunciar una criatura muy próxima a Satán. Posteriormente, los hermanos juraron que les dijo:

—Retornad a vuestra perrera, cachorritos de Ialdabaoth, y transmitid este mensaje a vuestros amos: los que acudieron a este lugar como muchos saldrán como uno solo.

Acto seguido, obedeciendo a un inquietante mandato del enano, dos servidores infernales y desproporcionados se dirigieron a los cadáveres de Le Loupgarou y del hermano Theophile. Uno de los demonios, como un vapor que se filtra en un pantano, penetró por los ensangrentados orificios nasales del malhechor; fue desapareciendo pulgada a pulgada, hasta que su cabeza astada y bestial se volatilizó. El otro engendro hizo lo propio a través de la nariz del hermano Theophile, cuya cabeza yacía inverosímilmente ladeada sobre su hombro a causa del cuello roto. Y cuando se completó la posesión infernal, los cuerpos, de un modo horripilante, se pusieron en pie, uno mostrando sus terribles heridas y el otro con la cabeza inclinada sin sujeción sobre el pecho. Así, animados por los demonios, los cadáveres asieron las cruces de Stephane y Bernard, y blandiéndolas cual cachiporras sacaron del castillo a los monjes del modo más ingnominioso, en medio de las aullantes carcajadas del enano y el resto de la horda infernal. El desnudo cadáver de Le Loupgarou y el de Theophile, todavía con los hábitos de la orden, los siguieron hasta los abruptas y resbaladizas laderas de Ylourgne, propinando tal suerte de golpes con las cruces que llenaron de sangrantes hematomas las espaldas de los dos hermanos cistercienses.

Ningún otro monje tuvo intención de repetir la aventura

después de aquel episodio tan humillante. En cambio, todo el monasterio triplicó sus mortificaciones, la austeridad, las plegarias. En espera de que la inextricable voluntad de Dios quisiera intervenir, mantuvieron una fe sólida, si bien algo destemplada por la inquietud. Mientras tanto, después de que los cabreros visitasen el monasterio y se enteraron de lo acontecido, la historia de Stephane y Bernard se expandió por todo Averoigne y alimentó todavía más la alarma causada por la inaudita fuga de los cadáveres. Nadie tenía la menor idea de lo que pasaba en el castillo encantado ni del motivo de haber secuestrado a centenares de cuerpos sepultos. Si bien el relato de los monjes alentó ciertas especulaciones, se lo consideraba demasiado terrorífico y poco concluyente, y la advertencia del enano excesivamente críptica. Ahora bien, todo el mundo estaba convencido de que en el interior de las ruinas de la fortaleza se tramaba una catastrófica amenaza, algún hechizo infernal. Enseguida se identificó al enano maligno como a Nathaire, el perverso y desaparecido brujo, y los sirvientes como a sus alumnos.

## 4. La partida de Gaspard du Nord

Recluido en su buhardilla, Gaspard du Nord, aprendiz de brujo y alquimista, otrora alumno de Nathaire, intentó afanosamente, pero en vano, consultar el espejo con el marco de víboras. El vidrio siguió oscuro, nublado por vapores que emanaban de satánicos o nigrománticos braseros. Débil, demacrado por incontables noches en vela, sabía que Nathaire estaba más en guardia que él. Observando con ansiosa intensidad la configuración general de los astros, en ellos leyó claramente que negros presagios se cernían sobre Averoigne. No obstante, la naturaleza del mal estaba difusa. Mientras tanto, había tenido lugar la abominable migración de los cadáveres. Todo Averoigne se estremecía a causa de semejante espectáculo. El terror penetró en las casas como las Siete Plagas de Egipto, cualquier nueva atrocidad se comentaba en susurros, por temor a levantar la voz. Los comentarios también llegaron a Gaspard. Y cuando semejaba que todo había concluido, se tuvo noticia de la increíble historia de los cistercienses.

Fue entonces cuando el tenaz Gaspard encontró un indicio de lo que buscaba. El brujo y sus acólitos por fin habían revelado dónde se ocultaban; los muertos que habían desaparecido eran la señal que mostraba claramente el camino. Pero incluso para el perspicaz Gaspard seguía latiendo un enigma: la auténtica naturaleza del hechizo que estaba preparando Nathaire en su apartado refugio. Solo estaba seguro de una cosa, que al repugnante enano le quedaba poco tiempo de vida y que, para saciar el odio que profesaba a las gentes de Averoigne, preparaba un encantamiento enorme, sin parangón. Pese a estar al corriente de las inclinaciones de Nathaire, de saber que poseía profundos e inabarcables conocimientos sobre arcanos y ciencias ocultas, solo podía especular sobre lo que preparaba el moribundo enano. Sin embargo, conforme transcurría el tiempo, intuyó una opresión cada vez mayor, el presagio de que la parte oscura del mundo estaba a punto de iniciar un monstruoso ataque. Aquella sensación lo acompañaba de continuo. Finalmente, menoscabando los intrínsecos peligros de la aventura, resolvió efectuar una secreta visita a los actuales moradores de Ylourgne.

Aunque provenía de una familia acomodada, aquella devoción por las ciencias ocultas hizo que su padre lo expulsara de casa. Los únicos ingresos de que disponía eran minúsculas cantidades de monedas que, en secreto, recibía de su madre y su hermana. Con aquello se preparaba frugales comidas, pagaba el alquiler y adquiría unos pocos libros, instrumentos y sustancias con las que elaborar pócimas, pero no le alcanzaba para un caballo o una mula para acometer aquel viaje de más de cuarenta millas.

Impertérrito frente a tamaña adversidad, partió a pie, provisto solamente de una daga y un talego con algo de comida. Programó el itinerario de modo que llegaría a Ylourgne a la caída de una noche con luna llena. Gran parte del trayecto lo efectuó por el gran bosque que llegaba hasta los mismísimos muros orientales de la ciudad de Vyônes y que describían un sombrío arco desde Averoigne hasta la abrupta entrada del valle rocoso que se extendía debajo de Ylourgne. Unas millas más adelante, salió de una frondosa zona de pinos, robles y alerces. Y por primera vez desde su salida, pudo seguir el río por un sendero abierto y fácil de transitar. Pasó la cálida noche estival bajo un haya, cerca de un villorrio, sin importarle dormir al raso en unos parajes supuestamente frecuentados por lobos, ladrones y otras criaturas de siniestra reputación.

Al atardecer del segundo día, después de superar las marcas más antiguas y profundas del bosque inmemorial, llegó a la entrada del rocoso y profundo valle. En él nacían las fuentes del Isoile; allí apenas si era un mero riachuelo. Bajo la tornasolada luz del crepúsculo, entre la puesta del sol y el alzamiento de la luna, contempló las luces del monasterio cisterciense. Y en la vertiente opuesta, sobre los amontonados, resbaladizos y abruptos peñascos, la siniestra y desastrada masa de Ylourgne, con las macilentas y nigrománticas llamas ardiendo detrás de las elevadas saeteras, únicos indicios de que estuviera habitado. En ningún momento percibió los lúgubres sonidos mencionados por los monjes.

Gaspard aguardó hasta que la oronda luna, amarillenta como el ojo de una inmensa ave nocturna, hubo comenzado a asomar sobre el penumbroso valle. A continuación, con suma cautela, se dirigió hacia la vasta mole del sombrío castillo. Incluso a la luz de aquella luna, semejante ascensión habría puesto en serios aprietos a escaladores avezados. En varias ocasiones, hallándose en el fondo de una enhiesta colina, estuvo a punto de tener que dar marcha atrás. Y a menudo solo las robustas matas y los espesos brezos lo salvaron de la mortal caída. Exhausto, las prendas hechas jirones, las manos llagadas y sangrantes, alcanzó la cima, justo debajo de los muros.

Descansó hasta recuperar el aliento y parte de las flaqueantes fuerzas. Desde aquella privilegiada posición observó el pálido reflejo de las llamas ocultas que latían en lo alto de las paredes interiores de la torre del homenaje. Discernió el amalgamado rumor de sonidos confusos cuya distancia y procedencia fue incapaz de determinar: ora parecían emanar del subsuelo, de los negros cimientos, ora del mismísimo subsuelo, de las profundidades de la colina. Pero aparte de aquel indeterminado rumor, en la noche imperaba la más absoluta tranquilidad. Incluso los vientos daban la impresión de evitar los baluartes. Una nube difusa e incorpórea aferraba las cosas hasta inmovilizarlas totalmente. Y la luna pálida, patrona de brujas y hechiceros, destilaba su verdosa ponzoña sobre las castigadas torres en medio de un silencio más antiguo que el mismísimo tiempo.

Cuando reanudó su camino hacia la barbacana, Gaspard acusó la obscena y tenaz carga de algo más pesado que su propia fatiga. Telarañas invisibles de un mal en perpetuo acecho parecían interponerse en su camino. El lento y molesto batir de alas intangibles le azotó el rostro. Le dio la impresión de inhalar un aire surgido de cavernas y criptas condenadas por la corrupción. Distinguió aullidos inaudibles que se acercaban y se alejaban, unas manos desaprensivas parecieron empujarle hacia atrás. No obstante, inclinando la cabeza hacia delante, como luchando contra una galerna, prosiguió hasta escalar el montículo amorfo en que había devenido la barbacana y penetró en el patio infestado de hierbajos.

No se veía a nadie. Las sombras bañaban gran parte de muros y torrecillas. Cerca, entre los montones de cascajos que flanqueaban las paredes exteriores, Gaspard descubrió el portal abierto y cavernoso que habían descrito los monjes, iluminado por un fulgor fantasmagórico, lívido y siniestro como el de las luces en una ciénaga. Del portal emanaban aquellos murmullos, ahora impreciso vocerío. En el interior iluminado, creyó ver unas figuras oscuras, llenas de hollín, moviéndose con rapidez. Siempre procurando avanzar entre las sombras, merodeó por todo el patio describiendo una especie de círculo entre las ruinas. No osó aproximarse a la entrada para evitar que lo descubriesen, aunque más bien parecía que nadie vigilase.

Se fue a la torre del homenaje. En el muro superior, la pálida luz refulgía de modo oblicuo por una especie de grieta en el gran edificio adyacente. La abertura quedaba a bastante altura del suelo, antiguamente debía de haber formado parte de la puerta de un balcón enlosado. Una hilera de peldaños fragmentados conducía hacia lo alto de la pared, hasta los maltrechos despojos del balcón. Se le ocurrió subirse para poder examinar el interior de Ylourgne sin que lo descubriesen. Faltaban varios peldaños, las tinieblas los impedían ver. Gaspard ascendió con suma cautela; en una ocasión se detuvo con el corazón desbocado cuando un fragmento de piedra cedió ante la presión de su pie y fue a parar al suelo del patio. Por lo visto los inquilinos no lo oyeron o hicieron caso omiso; poco después continuó subiendo.

Poco a poco se acercó a la gran y desastrada abertura por donde brotaba la luz. Agachado sobre un estrecho alféizar, único vestigio del balcón, contempló un espectáculo horrible y sorprendente cuyos detalles eran tan asombrosos, que no los comenzó a asimilar hasta muchos minutos después. Comprobó que el relato contado por los monjes, deformado por su religiosidad, no tenía nada de exagerado. Prácticamente habían derribado y amontonado el interior para poder ejecutar las prácticas de Nathaire. La demolición en sí consistía en una tarea titánica; para su ejecución debían de haber intervenido una horda de demonios, además de sus diez discípulos. Antorchas, braseros y, sobre todo, el extraño resplandor de las grandes tinas de piedra, iluminaban la vasta de forma irregular. Aunque ocupaba una posición privilegiada, no pudo discernir el contenido de las tinas. Ahora bien, percibió que en el extremo de una emanaba una blancuzca luminosidad y de la otra, una fosforescencia de color carne.

Como discípulo de Nathaire, Gaspard había visto numerosos rituales y sortilegios, además de estar familiarizado con la nigromancia. Hasta cierto límite no era nada escrupuloso ni se echaba a correr porque hubiese visto sombras, figuras de demonios y otras criaturas deambulando por el suelo o surcando el aire de la estancia. Pero un gélido horror le paralizó el corazón cuando reparó en aquella cosa increíble, descomunal, que ocupaba el centro de la planta: un increíble esqueleto humano de más de treinta metros cuyo tamaño superaba el de la planta del viejo vestíbulo. Y hombres y demonios, arremolinados en torno al pie derecho, ¡sin lugar a dudas lo estaban revistiendo con carne humana! Aquella estructura prodigiosa y satánica, minuciosamente construida, con costillas como arcos de una nave infernal, relumbraba como si las soldaduras aún estuviesen calientes. Parecía palpitar y arder con vida inhumana, estremecerse con maligno desasosiego en las mudables luces y sombras de la estancia. Las grandes falanges de los dedos, curvas como garras, daban la sensación de estar prestas a cerrarse sobre cualquier víctima indefensa. Los tremendos dientes estaban dispuestos de tal forma que conferían al rostro una perpetua expresión de crueldad maléfica y sardónica. Las vacías cuencas de los ojos, profundas como hoyas infernales, parecían hervir a causa de innumerables luces como seres primordiales iridiscentes nadando entre sombras obscenas.

Aquella visión había desbordado la exigente capacidad de sorpresa de Gaspard. Posteriormente nunca estuvo seguro de haber visto lo que vio, apenas pudo recordar el modo como acólitos y demonios llevaban a cabo sus tareas de construcción. Criaturas ambiguas y difusas, aladas como murciélagos, se movían con rapidez e iban de las tinas al pie derecho del engendro, donde los obreros se afanaban en su execrable tarea aplicando al hueso del pie un plasma carmesí que luego moldeaban como arcilla. Aunque luego no lo pudo asegurar, Gaspard pensó que las criaturas aladas habían sacado aquel plasma de la tina con el resplandor rosáceo. Y con vasijas, lo llevaban a los obreros para que lo aplicasen pertinentemente. Sin embargo, ninguna de ellas se aproximó a la otra tina, cuya luz se atenuó tanto que pareció a punto de extinguirse.

Buscó la diminuta figura de Nathaire, a quien no podía distinguir entre el tumulto. A menos que ya lo hubiera consumido su extraña enfermedad, sin lugar a dudas el nigromante debía quedar oculto por la mole del colosal esqueleto y acaso dirigiese las tareas de hombres y demonios desde su diván. Estupefacto, no oyó los pasos furtivos y felinos que, a sus espaldas, subían por los desastrados peldaños. Percibió demasiado tarde el chasquido de un nuevo fragmento de piedra desprendido. Pillado por sorpresa, un fuerte impacto lo sumió en la inconsciencia; ni siquiera se apercibió del golpe y de que los brazos de su agresor lo salvaron de una caída inevitablemente fatal.

## 5. El horror de Ylourgne

Cuando volvió de su estancia en la vacuidad del Leteo, los ojos de Gaspard se encontraron con los de Nathaire, aquella mirada de nocturnidad maligna, intensa como las brasas estelares que habían sumido en la perdición a civilizaciones enteras. Durante unos momentos, con los sentidos aún embotados, solo pudo discernir aquellos ojos que parecían arrancarlo de su anterior desvanecimiento. Aparentemente incorpóreos, o propios de rostros que nada tienen que ver con los seres humanos, le ardían entre caóticas tinieblas. Después pudo ver, gradualmente, las demás facciones del brujo y cuanto acontecía alrededor. Le resultó imposible llevarse las manos a la cabeza, que le dolía terriblemente; se las habían atado fuertemente por las muñecas. Semitendido, apoyado contra unos duros cantos que le presionaban la espalda, su posición era sumamente incómoda. Descubrió que se trataba de una especie de horno para la alquimia y que se hallaba en medio de una pila de objetos desechados que estaban en el piso del castillo: copas, botellas o vasijas con forma de calabaza y cuello estrecho, mezcladas confusamente con libros de tapas metálicas, apilados junto a calderos y braseros cubiertos de hollín.

Sostenido entre cojines carmesíes con arabescos bordados en oro, Nathaire lo miraba fijamente desde una especie de diván improvisado mediante fardos de alfombras y tapices orientales cuya lujosa ostentación contrastaba grotescamente con los bastos muros, oscurecidos y manchados por el moho. Gaspard percibió tenues luces y malignas sombras que descendían de las invisibles alturas, y un rumor de voces a su espalda. Se giró un poco; vio una de las tinas de piedra cuya rosácea luminosidad enturbiaba el ir y venir de las alas vampirescas.

—Bienvenido —dijo Nathaire después de un lapso en que el estudiante se percató del inexorable deterioro que reflejaban las atormentadas facciones del brujo—. ¡Así pues, Gaspard du Nord ha venido a visitar a su antiguo maestro! —parecía imposible que un individuo en semejante estado pudiera hablar con una voz tan imperiosa como áspera.

—He venido —contestó un lacónico Gaspard—. Decidme, ¿a qué execrable práctica os dedicáis ahora? ¿Qué habéis hecho con los cuerpos que han robado vuestros acólitos?

Como poseído por un espíritu sardónico, el frágil y moribundo cuerpo de Nathaire se convulsionó entre los tapices a causa de violentas carcajadas.

—Si vuestro aspecto no es un espejismo —prosiguió Gaspard cuando cesaron las risotadas—, estáis mortalmente enfermo, os queda poco tiempo para que podáis expiar vuestras malas acciones y hacer las paces con Dios, si es que tal cosa aún es posible. ¿Cuál es la última pócima monstruosa que estáis preparando para asegurar la irremediable perdición de vuestra alma?

La risa volvió a sacudir el diminuto cuerpo del nigromante.

—Vamos, vamos, mi buen Gaspard —dijo finalmente—. He hecho otro pacto mejor que el que hacen otros cobardes plañideros para congraciarse y obtener el perdón del Tirano de los cielos. Si tal es su voluntad, el diablo me llamará a su lado. Pero por ello el infierno ha pagado, y lo seguirá haciendo, un elevado precio. Ciertamente, pronto moriré, pues mi condena está escrita en las estrellas. Pero estando muerto, por la gracia de Satán, reviviré y regresaré con el vigor de Anakim para vengarme de los perros de Averoigne, que siempre me han odiado por mi oscura sabiduría y me han menoscabado por mi corta estatura.

—Pero, ¿qué locura se ha apropiado de vos? —inquirió el muchacho, estupefacto ante el inefable brillo de la mirada de Nathaire.

—No se trata de locura, sino de algo muy auténtico: acaso

un milagro, pues la vida misma es un milagro... A partir de los cuerpos perecederos de los muertos, que de otro modo se descompondrían irremisiblemente, mis acólitos y servidores, siguiendo mis instrucciones, están fabricando ese gigante cuyo esqueleto has contemplado. Tras la inminente muerte de mi actual cuerpo, mi alma pasará a esa colosal estructura mediante ciertos hechizos transmigratorios sobre los cuales he instruido convenientemente a mis servidores. Ahora serías partícipe de todos esos prodigios si te hubieras quedado conmigo, en vez de renunciar a las maravillas y los profundos conocimientos que te habría revelado... Y si hubieras llegado un poco antes a Ylourgne, habría usado tus recios huesos y músculos... del mismo modo que los de esos jóvenes, fallecidos por accidente o de forma violenta. Pero ya es demasiado tarde, pues la construcción y el ensamblaje de los huesos ha concluido. Solo queda revestirlos con carne humana. Mi querido Gaspard, ya no se puede hacer nada contigo salvo apartarte convenientemente de mi camino. Por fortuna, debajo del castillo hay una mazmorra, lugar sin duda inhóspito pero apropiado para ti.

Gaspard apenas si pudo replicar. Mientras su aturdida mente buscaba las palabras apropiadas para responderle, notó que lo sujetaban las invisibles manos de unos seres convocados por Nathaire con un gesto que le había pasado inadvertido. Estaba atado con un tejido fuerte y pesado, mohoso, caduco como una mortaja; lo empujaron haciéndole tropezar con los restos de un extraño objeto y le obligaron a bajar por unos peldaños estrechos que penetraban en el suelo de la estancia. A medida que descendía lo atrapó el nauseabundo hedor de aguas estancadas, como de aceitosas serpientes putrefactas. Le pareció bajar tanto, que comenzó a pensar que jamás retornaría a la superficie. Aumentó la pestilencia, se hizo más insoportable aún. Las oxidadas bisagras de una puerta chirriaron estrepitosamente. Lo arrojaron a un suelo húmedo, desigual como si lo hubiesen hollado infinitud de pisadas.

Percibió el carraspeo de una gran losa de piedra. Le soltaron las muñecas y le retiraron la venda de los ojos. Así, pudo ver la luz de unas antorchas que ardían a través de un orificio circular que se abría a sus pies. Junto al orificio estaba la piedra que habían apartado. Antes de que se pudiera girar para ver los rostros de sus captores, para cerciorarse de si eran hombres o demonios, lo asieron con brusquedad y lo tiraron por el agujero. Cayó a través de la tartárica oscuridad; antes de dar con sus huesos sobre el suelo le dio la impresión de haber bajado una distancia enorme. Medio aturdido en aquel depósito lóbrego y pudibundo, notó que la losa del techo volvía a su lugar.

## 6. Las criptas de Ylourgne

El agua gélida del depósito despertó los sentidos de Gaspard. Tenía la ropa medio empapada. Apenas moverse un poco, descubrió que tenía el mefítico depósito a un suspiro de los labios. Podía oír el monótono e insistente goteo en medio de la ciega noche de su confinamiento. Se alzó para comprobar, aliviado, que no se había roto ningún hueso. Con suma cautela exploró el lugar. Le caían inclementes gotas sobre el pelo y el rostro. Resbaló en varias ocasiones y chapoteó las aguas nauseabundas. Oyó silbidos vehementes, airados, como si se elevaran incorpóreamente de sus propios talones. No tardó en toparse con un basto muro de piedra. Lo recorrió con las puntas de los dedos, para intentar delimitar las dimensiones de la mazmorra. Era más o menos circular, sin esquinas, esbozó mentalmente un tosco plano de la planta. En algún lugar halló una pila de desperdicios que sobresalían del agua, junto al muro. Decidió quedarse allí, semejaba la zona menos húmeda y fría. Para señorearse del lugar expulsó a varios indignados reptiles. Parecían más bien inofensivos, probablemente alguna variedad de serpientes de agua, pero el muchacho no pudo reprimir un estremecimiento de repugnancia al tocar sus pringosas escamas.

Sentado en la montaña de escombros, reflexionó sobre los últimos acontecimientos y sopesó su grave y extrema situación. Había descubierto el abominable secreto que escondían los muros de Ylourgne, el blasfemo y execrable plan de Nathaire; pero ahora, cautivo en aquel insalubre agujero, enterrado en vida, poco podía hacer, ni tan solo avisar de la amenaza que se cernía sobre el mundo. Todavía conservaba el talego de comida que se había llevado para su viaje a Ylourgne. Ya había consumido más de la mitad. Asimismo, comprobó que los captores no le hubiesen sustraído la daga. Mientras daba cuenta de un mendrugo de pan seco y acariciaba la empuñadura de su querida daga, buscó una grieta de esperanza en su ubicua desesperación. Le resultaba imposible calcular el paso de las indiferentes horas, que ahora se deslizaban en su existencia con el ciego silencio de un océano subterráneo. La única alteración la causaba el incesante goteo del agua, probablemente de los manantiales que antaño proporcionaban agua a los habitantes del castillo. Sin embargo, el sonido del golpeteo devino tan monótono e implacable que provocó en su mente enfebrecida la alucinación de escuchar las risas impías y perpetuas del Averno. Por fin, presa de un extraño agotamiento, se sumió en un pesado y profundo sopor.

Cuando se despertó no pudo calcular si era de día o de noche. En aquella celda no entraba la más mínima partícula de luz. Con un estremecimiento, se dio cuenta de la corriente de aire que se movía sobre su cabeza: aire pútrido, casi irrespirable, como el de criptas que jamás han visto la luz del sol y que hubiesen despertado a la vida mientras él se había quedado dormido. Aquel hecho le había pasado inadvertido hasta entonces. Lo aturdió la esperanza del súbito descubrimiento. Sin lugar a dudas el aire se colaba por alguna grieta subterránea. Acaso aquella hendidura fuese su salvación. Tanteando con los pies, intentó determinar la dirección hacia la que se movía el viento. Tropezó con algo que cayó, se rompió y estuvo a punto de hacer precipitarlo al hórrido estanque infestado de ofidios.

Antes de ponerse a investigar lo que obstruía su exploración a ciegas, percibió un ruido áspero sobre su cabeza; un halo de luz amarillenta descendió por el orificio del techo. Desconcertado, miró arriba: en lo alto, a cuatro o cinco metros, una mano pasaba por el agujero una antorcha encendida. Poco después, atado al extremo de una cuerda, bajaba un cesto con un trozo de carne y una botella de vino. Gaspard cogió el vino y el pan; el cesto remontó las alturas. Antes de que retirasen la antorcha y volvieran a correr la losa sobre el agujero, pudo echar una rápida ojeada a la mazmorra. La planta era irregularmente circular, de unos cinco o seis metros de diámetro. Lo que le había hecho tropezar era un esqueleto humano que yacía a medias sobre los escombros y a medias en las aguas. Tenía un acentuado color marrón, podrido por el tiempo, las prendas desgajadas por el moho. Los muros estaban llenos de golpes, castigados por siglos de humedad y escasa ventilación, la piedra parecía haber entrado en un lento pero ineludible proceso de desintegración. En el lado contrario, al fondo, descubrió la apertura que había intuido: una pequeña boca, apenas más ancha que la entrada de una madriguera de zorro, por la que circulaba el agua. El corazón le dio un vuelco: si había más profundidad de la que aparentaba, quedaría suficiente espacio para que pasara un cuerpo humano. Exaltado en medio de su desesperanza, retornó al mismo punto donde estaba cuando retiraron la luz. Aún llevaba en las manos el trozo de carne y la botella de vino. Mecánicamente, asaltado por un hambre repentina, se puso a comer.

Se sintió con más vigor; y el áspero vino de mesa lo reconfortó, acaso también le inspiró la idea que tuvo poco después. Al terminar la botella, se dirigió hacia la apertura. Ahora la corriente de aire parecía más fuerte, lo que consideró buen augurio. Desenvainó la daga y se puso a picar en el muro semipodrido para ensanchar la boca. Se tuvo que arrodillar en el cieno; y mientras trabajaba, las repugnantes serpientes de agua, con sus respulsivos siseos, le reptaban entre las piernas. Sin lugar a dudas, aquel agujero era su acceso para entrar y salir de la mazmorra. La piedra cedía con facilidad a la acción de la daga. Ante la cada vez más factible posibilidad de escape, aumentó la entereza de Gaspard. Resultaba imposible calibrar el grosor del muro, o la naturaleza y la situación del lugar donde se hallaba. Aun así, tuvo la corazonada de que algún conducto lo llevaría al exterior.

Cavó continuamente el muro durante horas y horas, quizá días, apartando los escombros, que caían en el agua. Poco después, boca abajo, se arrastró por el boquete ensanchado. Escarbando cual laborioso topo, avanzó paso a paso, afanosamente. Y al final, produciéndole un inefable alivio, la punta de la daga hendió el aire. Con las manos apartó los últimos restos de piedra que obstaculizaban su avance. Luego, reptando en las tinieblas, descubrió que se podía poner erecto sobre una especie de suelo firme.

Estirando los agarrotados miembros, se movió con suma cautela. Se hallaba en una cripta o túnel estrecho cuyos lados podía tocar simultáneamente con la punta de los dedos. El suelo se inclinaba hacia abajo y la profundidad del agua se incrementó, primero hasta las rodillas y después hasta la cintura. Lo más probable era que, antaño, aquel lugar se hubiera usado como salida subterránea del castillo. Y el techo, al caerse, había estancado el agua.

Casi al borde del desespero, Gaspard comenzó a dudar si no habría salido del fuego para caer en las brasas. No se percibía el menor atisbo de claridad y la corriente de aire, aunque fuerte, venía saturada de malsana humedad, como la atmósfera estancada de un millar de criptas. Tocando alternativamente los lados del túnel a medida que se internaba en las aguas encontró un ángulo que, de forma brusca, se abría a su derecha. Era la entrada de otro pasillo que se cruzaba en el que las aguas estaban como mínimo al mismo nivel y no seguían descendiendo inexorablemente. Se puso a explorar el pasaje; dio con el inicio de unos peldaños que ascendían. Los comenzó a subir, hasta que al poco estuvo pisando piedra seca. Los peldaños, estrechos, irregulares, en mal estado, sin pasamanos, daban la impresión de una eterna espiral que se retorciera inexorablemente en las entrañas de Ylourgne. Le llegaba un hálito de aire estancado, pútrido. Sin duda no era el origen de la corriente que Gaspard había empezado a seguir. Ignoraba adónde se dirigía, si se trataba de la misma escalera por donde lo habían llevado a la mazmorra. Aun así, siguió subiendo resueltamente, solo se detenía de vez en cuando para recobrar el aliento lo mejor que podía en aquella atmósfera de miasmas infernales.

A lo lejos, en las tinieblas compactas, en un tramo muy adelantado, comenzó a notar un sonido amortiguado: un débil pero constante rugido como si se desmoronaran enormes bloques de piedra. De un modo que no supo explicarse, aquel sonido le resultaba ominoso, le dio la sensación de que se estuvieran conmoviendo muros invisibles a su alrededor; los peldaños que iba pisando también vibraban. Continuó subiendo con redobladas precauciones, parándose a cada momento por si había alguna novedad. El sonido devino más claro, más ominoso, como si lo tuviera exactamente encima de la cabeza. Gaspard se quedó inmóvil durante varios minutos, temeroso de proseguir. Finalmente, con desconcertante brusquedad, cesaron los sonidos. La calma imperante le pareció todavía más ominosa que el fragor de la piedra cayéndose.

Se entregó al juego de las estériles conjeturas, sin llegar a determinar la probable causa de aquellos ruidos; cansado de esperar, siguió subiendo. Sin embargo, al poco volvió a percibir nuevos sonidos: un atenuado y reverberante coro de voces entregadas a una especie de ritual o misa satánica cuyas cadencias ora semejaban cantos fúnebres, ora peanes triunfales. Mucho antes de que comprendiera lo que decían, se estremeció ante las crecientes vibraciones que producían las voces, sometidas a un monótono y calculado ritmo que subía y bajaba como el latido cardiaco de un engendro colosal y demoniaco.

Por enésima vez los peldaños se torcieron en su tortuosa espiral. La macilenta claridad que distinguió arriba le hizo parpadear violentamente. El coro de voces lo agredió con un torrente de sonidos todavía más intensos. Conocía aquellas palabras, empleadas en hechizos excepcionales y poderosos; solo las usaban los brujos que perseguían un propósito extremadamente malvado. Remontó los últimos peldaños habiendo averiguado ya lo que sucedía entre las ruinas de Ylourgne. Elevando la cabeza cautelosamente sobre el suelo del castillo, vio que las escaleras concluían al final de una lejana esquina de la gran estancia en la que había descubierto la inconcebible creación de Nathaire. Ante él se extendía la maltrecha mole del castillo, iluminada por un extraño brillo en el que se mezclaban los rayos de la luna y las lenguas multicolor del carbón que aún ardía en los braseros nigrománticos.

Durante unos instantes, la luna llena en toda su intensidad pilló a Gaspard desprevenido en medio de las ruinas. Gracias a ello, descubrió que casi todo el muro interior del castillo que daba al patio había sido derribado. Para llevar a cabo una labor tan ingente habría sido necesario el concurso de fuerzas sobrehumanas, alentadas por la brujería, sin duda aparecidas tras la invocación de aquellas voces que había percibido mientras remontaba la escalera. Se le heló la sangre cuando se percató del auténtico propósito que había movido a emprender aquella acción.

A tenor de la fase lunar y su posición, resultaba obvio que su cautiverio y fuga habían durado un día y parte de la noche anterior. La eléctrica fosforescencia de las grandes tinas había desaparecido. El diván con los motivos sarracenos en el que descansaba el agónico brujo estaba ahora prácticamente oculto tras las columnas de humo de los braseros e incensarios entre los cuales los diez discípulos de Nathaire, ataviados de rojo y negro, habían efectuado su horrendo y repugnante rito con la maléficamente calculada letanía. Con mucho miedo, propio de quien se topa con una presencia surgida de las entrañas del Averno, Gaspard contempló el cuerpo inerte del coloso, presa de un ciclópeo sopor. Ya no consistía en un mero e inmenso esqueleto: enormes músculos y tendones moldeaban las extremidades, propias de un gigante bíblico; los dorsales eran como un muro infranqueable, los deltoides del poderoso pecho, anchos como una meseta; las manos podrían haber hecho fosfatina varios cuerpos a la vez... Ahora bien, el rostro del engendro, contemplado a la luz de la luna, manifestaba la mismísima expresión de Nathaire, ampliada un centenar de veces pero manteniendo toda su desenfrenada locura y malignidad.

El ancho torso semejaba subir y bajar. Por un instante, Gaspard percibió el inequívoco sonido de una poderosa respiración. El ojo que podía ver de perfil estaba cerrado, pero el párpado semejaba temblar como una gran cortina, como si el monstruo estuviera a punto de despertarse. Y la mano extendida, con dedos pálidos y amoratados como una fila de cadáveres, se convulsionó violentamente sobre las piedras del castillo. Un horror insoportable apresó la mente de Gaspard. Aun así, no estuvo dispuesto a retirarse a las profundidades de las que había escapado. Con un terror insano, se fue desplazando por la esquina, procurando ampararse en la sombra que proyectaba el muro del castillo.

Mientras avanzaba, entre las humeantes cortinas de los braseros, distinguió el diván y el cuerpo de Nathaire hundido sobre él, pálido, inmóvil, como si estuviera muerto o hubiera entrado en la última fase de la agonía. Pero entonces se volvieron a alzar las satánicas voces, los vapores se reanimaron como etéreas columnas triunfales del infierno, y el diván y su ocupante quedaron ocultos una vez más. El aire estaba saturado con una especie de desenfrenado vasallaje. Gaspard notó que estaba a punto de realizarse la inicua transmigración, evocada e invocada por la incesante letanía, o acaso ya había hubiera sucedido. Creyó que el gigante se empezaba a mover como una persona que dormita. La incongruente mole se interpuso entre el muchacho y los acólitos. Por fortuna no habían reparado en él y decidió moverse con rapidez. Llegó al patio sin que nadie se interpusiera en su camino ni notaran su presencia. Y entonces, sin mirar atrás, corrió como alma que lleva el diablo por las empinadas y abruptas laderas de Ylourgne.

## 7. La llegada del Coloso

Aunque ya hubiera terminado la diáspora de cadáveres, imperaba una atmósfera de terror generalizado; en Averoigne se estancaron las sombras del miedo infernal. En los cielos se mostraron signos extraños, onerosos portentos que mudaron su aspecto: meteoros llameantes que cayeron allende las colinas orientales; un cometa, muy al sur, anuló el brillo de las estrellas durante varias noches hasta que se dignó desaparecer, aunque sembró entre los hombres un campo de tremendas profecías y pavorosos oráculos que nada bueno presagiaban. Durante el día el aire era irrespirable, opresivo; una insistente palidez impedía que los cielos sin nubes estuvieran azules. Y en los distantes horizontes se percibía el fragor del trueno entre las nubes, maltratadas por los relámpagos lanzados por algún titán inmisericorde. Entre el ganado se percibía una tremenda pestilencia. Tales prodigios y calamidades infligieron todavía más pesar en las almas del pueblo, que se pasaba el día temiendo la cólera del infierno. Pero solamente Gaspard du Nord conocía la auténtica naturaleza de la amenaza que se cernía sobre el mundo. En su huida hacia Vyônes bajo la luz de la luna, con la sensación de que en cualquier instante oiría los pasos del gigante, pensó en la inutilidad de avisar a las poblaciones. Se preguntó dónde se podrían esconder los hombres de aquel ser tan horrendo que visitaría a los mortales como la amenaza de la ira de Anakim sobre el mundo todo.

Así pues, durante aquella noche y todo el día siguiente, Gaspard du Nord, con el jubón manchado con el cieno seco de la mazmorra y hecho girones, se internó en los espesos bosques poblados de bandidos y licántropos. Mientras corría, la decadente luna proyectaba sus rayos sobre los sombríos y retorcidos troncos de los árboles. Al final, lo sorprendieron las pálidas flechas de luz del amanecer. El sol de mediodía se cebó en él implacablemente como metal fundido por la luz; el sudor volvió a impregnar sus manchadas y raídas prendas. Y sin embargo, en su carrera alocada, como presa de una pesadilla interminable, comenzó a urdir un plan del que nació una incipiente esperanza.

En el ínterin, algunos monjes del monasterio cisterciense, mientras contemplaban los grises muros de Ylourgne poco antes del alba durante sus cotidianas tareas de vigilancia, fueron los primeros que, después de Gaspard, pudieron contemplar la monstruosa abominación creada por los nigromantes. Seguramente su relato lo tiñeron de cierta exageración piadosa; no obstante, juraron que el gigante surgió bruscamente, elevándose sobre la ruinosa barbacana, que le quedaba por debajo de la cintura, entre espirales de humo y bolas de fuego erupcionadas por Malbolge. La cabeza quedaba a la misma altura que la torre del homenaje y el brazo derecho, estirado, se cernía como una nube inmensa capaz de eclipsar al poderoso sol. Hincados de hinojos, creyeron que se trataba del advenimiento del Archienemigo, que se servía de Ylourgne como puerta de acceso desde su morada. A contnuación, todo el valle percibió el poderoso trueno causado por una risa demoniaca. Y el gigante, superando la barbacana con una pequeña zancada, comenzó a descender por la abrupta y pronunciada ladera de la colina. Sus características, propias de un alma perversa imbuida de ira y malicia hacia los descendientes de Adán y Eva, se hicieron más y más nítidas a medida que se aproximó. Los mechones lacios del cabello refulgían como una desenfrenada horda de pitones negras. La piel desnuda, amoratada y pálida, era la misma que tienen los muertos. Sin embargo, los miembros del coloso palpitaban y se movían llenos de vida. Los ojos le brillaban como inconmensurables calderos calentados por las perennes llamas del Averno. El rumor de su llegada se extendió por todo el monasterio con la rapidez y devastación de un huracán. Muchos de los hermanos cuya principal virtud de su fervor religioso era la discreción y serenidad corrieron a esconderse en las celdas subterráneas y las criptas de piedra. Otros se limitaron a encerrarse en sus pequeñas celdas murmurando e invocando el santoral de un modo más bien incoherente. Ahora bien, otros, los más enteros, buscaron amparo en un rincón de la capilla, se arrodillaron y, frente al gran crucifijo de madera, entonaron una solemne oración.

Solo Bernard y Stephane, bastante recobrados de sus desventuras en el castillo, osaron interponerse en el camino del gigante. Su horror creció hasta límites insospechables cuando se dieron cuenta de que las facciones del titán eran una colosal réplica de las del malvado enano que había dirigido las impías actividades en el derruido seno de Ylourgne; y la risa del coloso, a medida que se internaba en el valle, devino eco tempestuoso de las execrables y estentóreas carcajadas en que había prorrumpido desde que abandonó el baluarte encantado. Bernard y

Stephane pensaron que el enano, un demonio sin lugar a dudas, ya había decidido revelar al mundo su auténtica forma.

Cuando había alcanzado el fondo del valle, el engendro miró en dirección al monasterio. Tal era su altura, que sus coléricos ojos llegaban a la altura de la ventana por donde lo observaban. Se rió de nuevo (una risa horrenda, como un estruendo subterráneo). A continuación se detuvo y, tomando un puñado de peñascos como si fueran meros guijarros, comenzó a acribillar el monasterio. Las rocas se estrellaron contra sus muros como si las hubieran arrojado con grandes catapultas. Pese a sufrir duras sacudidas, el sólido edificio resistió el bombardeo. Acto seguido, valiéndose de ambas manos, el coloso desgajó del suelo una roca enorme profundamente arraigada en el suelo. Tras levantarla, la arrojó contra los pertinaces muros. La tremenda masa derrumbó toda un ala de la capilla. Más tarde, entre las astillas del Cristo al que tanto amaban encontraron los cadáveres de quienes se hallaban en el interior cuando sucedió la colisión.

Después de su impía hazaña, como si menoscabara perder el tiempo con el monasterio por considerarlo presa insignificante, le dio la espalda y se internó en el valle de Averoigne. Bernard y Stephane, todavía mirándole desde su ventana, repararon en una cosa inadvertida hasta entonces: sujetada por cuerdas, una gran cesta hecha de tablas pendía entre los hombros del gigante. En ella iban diez hombres, los acólitos directos de Nathaire, transportados como peleles o muñecos en el talego de un viajero.

Por Averoigne circularon centenares de leyendas relativas a las andanzas y calamidades del coloso: relatos de horror inigualable, de una perversidad diabólica como jamás se había dado en las historias de aquella clase. Los pastores de las faldas de la colina de Ylourgne, al verlo aproximarse, huyeron con sus animales hacia las zonas más altas del valle. El gigante apenas si les prestó atención: aplastó como cucarachas a los que no tuvieron tiempo de apartarse de su camino. Siguiendo la corriente que constituía las fuentes del río Isoile, entró en la zona más profunda del gran bosque. Se dice que allí arrancó de cuajo hasta las raíces un pino muy viejo, y despojándole de sus poderosas ramas con la mera fuerza de las manos, lo convirtió en insperable cachiporra. Más pesada que una maza de acero, con aquella arma convirtió en ruinas irreconocibles una capilla que estaba a las afueras del bosque. Otra de sus víctimas fue un caserío que destrozó por completo y cuyos habitantes no vivieron para contarlo. Fue sembrando el caos y el horror doquiera se dirigiese como un frenético e incontrolado cíclope. Aun las bestias más feroces de la floresta huían ante su proximidad. En plena cacería, los lobos abandonaban las presas y corrían a esconderse atropelladamente en sus abruptas madrigueras. Los salvajes perros negros de los nobles que habitaban en el bosque también lo evitaban y se quedaban sollozando, ocultos en sus casetas. Los hombres oían su estruendosa risa, su poderoso rugido. Y cuando desde una larga distancia lo veían acercarse, corrían despavoridos a ocultarse lo mejor que podían. Los señores de los castillos rodeados de fosos convocaron a sus hombres de armas, alzaron los puentes levadizos y se prepararon como si fueran a afrontar el asedio de ejércitos enemigos. Los viajantes se amagaban en cavernas, en sótanos, en pozos abandonados, incluso debajo de las pilas de heno, rezando para que el engendro pasase de largo. Las iglesias se infestaron de desamparados que buscaban el refugio y la protección de la cruz, afirmando que el mismísimo Satán o uno de sus principales lugartenientes se había alzado para atormentar y devastar la tierra. Con su voz de trueno, el coloso profería constantemente insanas maldiciones, inconcebibles obscenidades y blasfemias. Los hombres le oían interpelar a los hombres ataviados de negro que llevaba suspendidos a su espalda en un tono de reprimenda o pedagógico, como el maestro que instruye a sus alumnos. Quienes habían conocido a Nathaire captaron el asombroso parecido con él de las desmesuradas facciones y la voz. Circuló el rumor de que al hechicero enano, gracias a sus lazos de lealtad con el Enemigo, se le había concecido el don de transformar su vil alma en aquel ser descomunal, y que secundado por sus discípulos, había vuelto para dar rienda suelta a su ilimitada ira, para saciar el rencor causado por un mundo que se había reído de su corta estatura y que lo había despreciado por nigromante. También se comentó la encarnación monstruosa del coloso; de hecho, se llegó a afirmar que él mismo había proclamado abiertamente su identidad.

Resultaría tedioso mencionar todas y cada una de las abominaciones y atrocidades atribuidas al gigante... Hubo personas, se dijo que en su mayoría sacerdotes y mujeres, que murieron desmembradas como insectos a los que un niño arranca las patas... incluso actos peores que se omiten en esta historia... Numerosos testigos presenciales refirieron cómo cazó a Pierre, señor de La Frênaie, que había salido de caza con monteros y sabuesos para cobrar un venado en los bosques colindantes a sus dominios. Sorprendidos montura y jinete, los atrapó con una mano y, llevándolos en lo alto por encima de las copas de los árboles mientras avanzaba a grandes trancos, posteriormente los aplastó contra los muros de granito del castillo de La Frênaie cuando pasó cerca de él. Y luego, apoderándose del venado, lo lanzó contra la piedra. Las grandes manchas de sangre y huesos aplastados permanecieron muchas semanas estampadas en las murallas. Ni siquiera las insistentes lluvias otoñales consiguieron borrar por completo tan macabras improntas.

Muchas otras historias se refirieron a sus hazañas sacrílegas: la de la Virgen tallada en madera, que arrojó a las aguas del Isoile desde Ximes, azotada con las vísceras de un bandolero ignominioso; los cuerpos putrefactos, todavía pasto de larvas y gusanos, que profanó de sus tumbas para tirarlos sobre el claustro de la abadía benedictina de Perigon; la iglesia de santa Zenobie, a la que sepultó junto a sus clérigos y parroquianos bajo una montaña de excrementos sacados de todas las granjas vecinas.

## 8. El fin del Coloso

De aquí para allá, arbitrariamente, sin orden ni concierto ni concederse descanso, el gigante pasó por todos los rincones de la región cual energúmeno poseído por algún monstruo implacable. Tras de sí dejó una inolvidable estela de muerte, sangre, abominaciones, sacrilegio, devastación irreparable. Y cuando el sol, horrorizado, ennegrecido por el humo de los villorrios en llamas, se puso en el horizonte, más allá de la floresta, aún se vio al titán moviéndose a la luz del ocaso, con su incesante y portentosa risa estremeciendo hasta lo más recóndito de la espesura.

Cerca de las puertas de Vyônes, al atardecer, Gaspard du Nord contempló a sus espaldas, entre los claros del antiguo bosque, la distante cabezota y los inconmensurables hombros de la bestia, que se desplazaba por el valle del Isoile, deteniéndose a intervalos para cometer quién sabía qué atrocidades. Pese a la debilidad y al agotamiento, Gaspard aceleró sus pasos. Ahora bien, no creía que el monstruo invadiese Vyônes, el auténtico objetivo del odio y la maldad de Nathaire, antes del día siguiente. Exultante a causa de su casi infinita capacidad para infligir dolor y destrucción, el mezquino nigromante demoraría su carroñero acto de venganza y dedicaría toda la noche a seguir atormentando las zonas pobladas de los campos circundantes.

A pesar de su desastrado aspecto, prácticamente irreconocible, los guardias de las puertas le permitieron entrar sin hacer preguntas. Vyônes ya estaba saturada de personas que habían acudido a la seguridad de sus muros de granito en busca de protección. No se negó el acceso a nadie, ni siquiera a los más sospechosos de delitos u otras conductas reprobables. Las almenas estaban infestadas de arqueros y soldados armados con picas, dispuestos a presentar resistencia si el gigante resolvía entrar. Encima de las puertas había ballesteros apostados, y a lo largo de todo el circuito de adarves, por el camino de ronda, a cortos intervalos, se montaron las catapultas. La ciudad bullía en un frenesí similar al de una colmena. La histeria y los gritos incontrolados se apoderaron de las calles. Por todas ellas circulaban las masas con la expresión confundida y aterrada, sin una dirección concreta. Se encendieron antorchas que brillaban dolorosamente en un crepúsculo que se oscureció como si sobre él se hubieran cernido las inmensas alas del Érebo. Las tinieblas semejaban abotargadas de un terror intangible, apresadas por telarañas inclementemente opresivas. En medio de semejante caos y frenesí, como un intrépido pero derrengado nadador contra una pesadilla viscosa y eterna, Gaspard consiguió llegar, tras muchos esfuerzos, a su buhardilla.

Después apenas si llegó a recordar si había comido y bebido. Exhausto más allá del límite humano de la resistencia física y espiritual, se arrojó al camastro sin despojarse de sus sucios andrajos; empapado y sudoroso, se durmió hasta bien entrada la madrugada, entre media noche y el alba. Se despertó acariciado por los pálidos rayos de la luna. Al levantarse, pasó el resto de la noche ocupado en ciertas tareas ocultas con las que pensaba tener una mínima posibilidad de combatir al engendro creado por su antiguo maestro. Trabajando febrilmente a la agónica luz de la luna y una pequeña vela, reunió diversos ingredientes; mediante un largo proceso cabalístico, compuso un polvillo gris oscuro que había visto emplear a Nathaire en numerosas ocasiones. Había llegado a la conclusión de que el coloso, confeccionado a base de huesos y carne de cadáveres sacrílegamente resucitados por la nigromancia de un brujo muerto, podría estar sujeto a la influencia de aquel polvo, que Nathaire utilizaba para resucitar pequeñas alimañas. Si se depositaba en las fosas nasales de los cadáveres, haría que estos volvieran pacíficamente a sus nichos y yaciesen en tranquilo reposo eterno. Preparó una cantidad considerable de polvillo; pensó que solo de aquella manera surtiría efecto en el coloso. El amanecer atenuó el ya de por sí escaso haz luminoso de su vela justo cuando terminaba de recitar una temible invocación en latín para dotar al preparado de toda su eficacia. La fórmula convocaba la participación de Alastor y otras malvadas entidades. Recurrió a ello de mala gana, pero era la única alternativa. La brujería solo la podía combatir con brujería.

La mañana obsequió a Vyônes con nuevos horrores. Alguna clase de intuición indicó a Gaspard que el engendro, del que se dijo que había pasado la noche causando desmanes y atrocidades por todo Averoigne, se presentaría ante la ciudad poco después del amanecer. Y así fue. Apenas terminado su trabajo, percibió un creciente vocerío en las calles que pronto devino histeria generalizada de gritos y carreras. Y por encima de todo aquello, el inconfundible rugido del gigante en la distancia. No había tiempo que perder, tenía que hallar un sitio ventajoso desde el cual poder arrojar los polvos a las fosas nasales de la bestia. Las murallas y las agujas de las iglesias no eran lo suficientemente altas. Tras pensar un poco se acordó de la gran catedral, en pleno centro: desde su tejado podría estar a la altura del atacante. Tuvo la certeza de que los soldados poco podrían hacer para impedir que franquease el perímetro amurallado e invadiera las calles. No había arma humana capaz de oponérsele. Ni siquiera todo un carcaj de flechas o una docena de picas podrían abatir a un cadáver de tamaño normal resucitado de aquella manera.

Apresuradamente, vertió los polvos en un talego de piel, que colgó de su cinto. Poco después se lanzó a las incontroladas torrenteras humanas en que se habían convertido las calles. Mucha gente se encaminaba a la catedral en busca de la protección que pudiesen dispensar las más altas autoridades eclesiásticas de la ciudad. Lo único que tuvo que hacer fue dejarse llevar por la desbocada corriente de almas. La nave central estaba atestada por devotos; los sacerdotes daban misas solemnes, aunque con temblorosa por el pánico que les brotaba de su interior. Empujado por la masa, Gaspard dio con unos peldaños en espiral que llevaban tortuosamente al tejado poblado de gárgolas de la poderosa y alta torre. Subió la estrecha escalera y se apostó detrás de la pétrea figura de un grifo con cabeza de felino. Desde aquella privilegiada posición pudo discernir los frontones y las cúspides, atestados de gente, y al gigante, cuyo torso y cabeza sobresalían por encima de las murallas, aproximándose inexorablemente. Incluso desde aquella distancia se pudo ver el enjambre de saetas que le dispararon para frenarle el paso, pero el monstruo pareció no hacer el más mínimo esfuerzo por esquivarlas. Los grandes bloques de piedra arrojados desde las catapultas semejaban mera gravilla contra él; las pesadas saetas lanzadas con ballestas se clavaron en su carne como ridículas astillas. Su avance era incontenible. Con el pino de veinte metros usado a modo de maza, barrió de un solo mandoble todos los pelotones de piqueros que habían salido a combatirle. Y cuando hubo desalojado a los defensores de adarves y baluartes, el coloso saltó los muros y entró en Vyônes.

Rugiendo y riendo entre dientes como un cíclope poseso, a grandes trancos pasó por estrechas calles, entre edificios que apenas le llegaban a la cintura, pisoteando sin cuartel cuanto no podía huir de él a tiempo, mientras machacaba los tejados con su descomunal maza. Con un mero golpe de su mano izquierda destrozó los frontones más elevados y echó abajo los campanarios de iglesias; al precipitarse al vacío, las campanas tañeron un doloroso y desesperado toque de alarma, coreado por un inmenso e histérico coro de voces humanas que clamaban auxilio. Como Gaspard había previsto, se dirgía hacia la catedral, con lo cual se confirmaron las sospechas del joven y antiguo aprendiz de hechicero; pensaba que el mago consideraba aquel edificio un objetivo especial de su maldad. Apenas si quedaba gente en las calles. Sin embargo, como si deseara sacarlos de sus madrigueras para terminar con todos los habitantes de la ciudad, el gigante blandió el garrote y, cual demoledor martillo, destrozó tejados, muros y ventanas de cuantas casas quedaban a su alcance mientras avanzaba. Faltan palabras para describir la ruina y el terror que aquella acción fue sembrando.

Al poco apareció por la torre contraria a la que se hallaba el muchacho, oculto tras la gárgola. Los ojos del coloso brillaron todavía más cuando se aproximaron a la gran construcción. Separó los labios para mostrar unas fauces abominables y proferir un inenarrable rugido. Con la voz de un trueno desgarrado, profirió las palabras siguientes:

—¡Vamos, valientes y devotos discípulos de vuestro ridículo Dios! ¡Salid y prosternaos ante Nathaire antes de que os mande al infierno!

Fue en aquel momento cuando Gaspard, con inigualable osadía, abandonó su escondrijo y se mostró ante el monstruo iracundo.

—Acercaos, Nathaire, profanador de tumbas y sepulcros, si es que en realidad sois vos —lo retó—. Acercaos, deseo hablaros.

La sorpresa suavizó las coléricas facciones del coloso. Mirando a Gaspard como si no lo pudiera creer, bajó la maza y se aproximó a la torre, hasta situarse a poca distancia del intrépido estudiante. Cuando se hubo cerciorado de que, efectivamente, se trataba de Gaspard, sus facciones recobraron la expresión de odio insano e infernal con la que había entrado y devastado la ciudad. Su brazo izquierdo trazó un arco increíble, sus dedos se crisparon y se cernieron sobre la cabeza del joven como una inexorable amenaza; las dimensiones de la mano eclipsaron la luz del sol sobre Gaspard, que distinguió las estupefactas caras de los acólitos de Nathaire, fijas sobre él desde la cesta que pendía de sus hombros.

—¿Eres realmente tú, Gaspard, mi renegado discípulo? —bramó el coloso—. Pensaba que te pudrías en la mazmorra, en las entrañas de Ylourgne, y ahora te encuentro aquí, en esta maldita catedral que estoy a punto de borrar de la faz de la tierra... Habría sido mejor que te hubieras quedado donde te encerré, mi querido Gaspard.

Cuando hablaba su aliento era un huracán que hedía a osario. Alzó sus enormes dedos, con uñas ennegrecidas como palas de entierramuertos, para amenazar al muchacho. De modo furtivo, Gaspard había desatado las correas y abierto la boca del talego que le pendía del cinto. Entonces, cuando los crispados dedos descendieron hacia él, arrojó el contenido del saquito sobre el rostro del gigante. Formando una nube gris oscura, el polvillo borró de su vista las vastas y palpitantes fosas nasales de su oponente.

Aguardó sus efectos con gran ansiedad, preguntándose si, después de todo, aquel arma surtiría algún efecto sobre el coloso y contrarrestaría los satánicos hechizos de Nathaire. Como si se hubiese obrado un milagro, poco después de inhalar el polvillo se extinguió el malvado brillo de aquella mirada insoportable. Su mano alzada erró el golpe destinado al muchacho para caer in-animada junto al costado. La ira desapareció del rostro, que cobró la expresión de un cadáver. Con atronador estrépido, el inmenso garrote cayó al suelo de la calle desierta. Y con pasos vacilantes, como mecánicos, los brazos caídos a los costados, el gigante se dio la vuelta, se alejó de la catedral y salió de la ator-mentada ciudad.

Mientras abandonaba Vyônes fue musitando palabras ape-nas inteligibles. Quienes pudieron oírle juraron que ya no se tra-taba de la poderosa y temible voz del mago, sino los tonos y acentos de una gran cantidad de hombres; incluso reconocieron algunas de ellas, pertenecientes a los muertos tristemente famo-sos por sus fechorías. También se distinguió la voz del mismí-simo Nathaire, débil como la que tenía en vida, entre los hete-rogéneos murmullos de las demás, como si protestase airada-mente. Salió por las murallas orientales, por donde había inva-dido Vyônes; durante muchas horas erró sin sentido, pero ya sin causar el terror, sino buscando, como la gente creyó, las tumbas y sepulcros pertenecientes a los centenares de cuerpos que lo componían. Fue de sepultura en sepultura, de fosa en fosa, de cementerio en cementerio.

Cuando ya anochecía se vio su ingente figura a lo lejos, re-cortada en un cielo carmesí, hundiendo las manos en tierra de la encenagada llanura junto al río Isoile. En aquel lugar, tras haber cavado su propia tumba, el monstruo se echó en ella para no alzarse nunca jamás. Se creyó que los diez acólitos de Nathaire, incapaces de salir del cesto, quedaron sepultados por el podero-so cuerpo, pues nunca más se volvió a ver a ninguno de ellos.

Durante muchos días nadie osó aproximarse a donde yacía el inspulto cadáver del coloso. Y así, de aquel modo el engendro se pudrió a la luz del sol estival. Una insoportable pestilencia asoló aquellas marcas. Y quienes se decidieron a acercarse, ya en otoño, cuando el hedor había remitido bastante, juraron haber escuchado la voz de Nathaire, todavía maldiciendo, entre aquel amasijo de despojos.

Se dice que Gaspard du Nord, salvador de la región, vivió muchos años honrado y respetado, y que fue el único brujo de la época no fue reprobado por la Iglesia.

[1933]

# La hechicera de Sylaire

—ÓYEME BIEN, MENTECATO: NUNCA me casaré contigo —afirmó Dorothée, unigénita del señor des Flèches. Sus labios como dos bayas maduras dedicaron un puchero de disgusto a Anselme. Su voz era puro néctar... repleta de aguijones—. No te falta hermosura y tus maneras son correctas, pero ojalá tuviese un espejo para vieras cómo eres en realidad.

—¿Por qué dices eso? —preguntó Anselme, desconcertado y ofendido.

—Porque solo eres un maldito soñador, todo el día devorando libros como un monje. Lo único que te importan son las leyendas antiguas y las novelas. La gente afirma que incluso escribes versos. Suerte tienes de ser el segundo hijo del conde du Framboisier... y es que nunca serás otra cosa que un segundón.

—Pero si ayer dijiste que me amabas un poco —objetó Anselme con cierta amargura. Cuando una mujer deja de amar a un hombre, en él solo encuentra defectos.

—¡Majadero, pedazo de asno! —exclamó Dorothée, agitando los dorados bucles de su cabello con malhumorada arrogancia—. Si no fueras como te he dicho, nunca habrías mencionado lo que afirmé ayer. Lárgate, imbécil. Y no vuelvas más.

Anselme, el ermitaño, había dormido poco, no había hecho más que dar vueltas y vueltas en su incómodo y estrecho jergón. Parecía que su sangre hubiese bullido con el bochorno de la noche estival. Por supuesto, el ardor inherente a la juventud había contribuido al insomnio. No quería pensar en mujeres, y más concretamente en una. Sin embargo, trece meses de soledad en lo más profundo de los bosques de Averoigne no le habían ayudado en su propósito. Más cruel que sus sarcasmos era la inolvidable belleza de Dorothée des Flèches: la boca de mullidos labios, los brazos suavemente redondeados, la esbelta cintura, unos pechos y caderas que aún no habían adquirido su máximo esplendor... En los escasos momentos en que concilió el sueño lo visitaron imágenes sugerentes pero nimias comparadas con la persona que regía sus desvelos.

Se levantó al amanecer, cansado y lleno de inquietud. Quizá se calmaría tomando un baño, como hacía a menudo, en un estanque cuyas aguas provenían del río Isoile, ocultas por frondosos alisos y sauces. El agua, deliciosamente fresca a esa hora, aliviaría su estado febril. Se le iluminaron los ojos, la mirada se le desperezó bajo la luz matinal al salir de su cabaña, hecha con troncos y ramas de sauce y mimbrera. Sus pensamientos, todavía bajo el influjo de la noche pasada, continuaban dispersos y sin objetivos concretos. ¿Había hecho bien en renunciar al mundo, a parientes y allegados, para recluirse en un lugar recóndito por culpa del desdén femenino? Decirse a sí mismo que se había convertido en ermitaño para alcanzar la santidad, como afirmaban los antiguos anacoretas, era engañarse absurdamente. Al vivir solo, ¿no estaría agravando la enfermedad de la que buscaba curarse? Un poco más tarde se le ocurrió pensar que quizá con aquel modus vivendi ratificaba las acusaciones de estúpido soñador que le había dedicado Dorothée. Dejarse vencer por las contrariedades era síntoma de debilidad.

Caminando con la cabeza gacha, ni siquiera reparó en los matorrales que rodeaban el estanque. Apartó los sauces jóvenes sin levantar los ojos. Cuando estaba a punto de desnudarse, un chapoteo en el agua lo abstrajo de sus cavilaciones. Preocupado, vio que en el estanque ya había alguien. Y su preocupación aumentó al percatarse de que se trataba de una mujer. Casi en el mismo centro, donde las aguas eran más profundas, la mujer removía las aguas con sus manos y las atraía hacia la base de los pechos. Su rosácea piel, húmeda, resplandecía como pétalos de rosa impregnados de rocío.

La preocupación de Anselme se tornó curiosidad y, después, irreprimible gozo. Se dijo a sí mismo que debía marcharse, pero temía alertar a la bañista con algún movimiento brusco. Curvado su nítido perfil y el hombro izquierdo hacia él, no había notado su presencia. Una mujer joven y hermosa: precisamente lo que quería evitar a toda costa. Y no obstante, sus ojos se negaban a mirar hacia otra parte. No la conocía de nada, ni siquiera la podía relacionar con alguna de las muchachas del pueblo o de la comarca. Era bella como cualquiera de las damas que habitan en los grandes castillos de Averoigne. Y, seguramente, ninguna dama o doncella tomaría un baño en un apartado estanque, en medio de la floresta. Los gruesos y castaños rizos de la cabellera, sujetos por un delgado hilo de plata, se ondulaban y rebasaban en cascada los hombros, ardían como oro bruñido en las zonas por las que la luz del sol atravesaba la espesura. Colgada del cuello, una fina cadena de oro semejaba reflejar los destellos del pelo, bailando entre los pechos al compás de sus juegos con las ondas del estanque.

El eremita se quedó contemplándola como atrapado en las hebras de un inesperado sortilegio. La imagen de su hermosura provocó el afloramiento de toda la juventud que intentaba acallar con su vida retirada. Como saciada del juego, ella le dio la espalda y comenzó a moverse en dirección a la orilla opuesta; Anselme se apercibió de que allí, sobre la hierba, yacían esparcidos ropajes femeninos. La ondina silvestre salió del agua muy despacio, exhibiendo afrodisiacas caderas y piernas.

Entonces, más allá de ella, un enorme lobo surgió cual sombra furtiva entre la espesura. Se detuvo junto al montículo de ropa. Jamás había visto un ejemplar de semejante tamaño. Pensó en las historias de hombres lobo que, se decía, moraban en aquel bosque tan antiguo; solo de pensar en eso le invadió el miedo que suele infundir una reflexión de aquella naturaleza. El pelaje de la bestia, de un gris azulado brillante, resultaba muy peculiar, mucho más largo que el de los lobos grises comunes del bosque. Agazapado enigmáticamente, semioculto entre las juncias, daba la sensación de aguardar a que la mujer saliera del agua. "Un poco más", pensó Anselme, "y se dará cuenta del peligro que corre, gritará y se girará presa del terror". Sin embargo, no fue así; siguió en el lugar y dobló la cabeza hacia delante, como si meditara tranquilamente.

—¡Tened cuidado, os acecha un lobo! —avisó con voz extrañamente aguda y como rompiendo una mágica tranquilidad.

Nada más pronunciar las palabras, la bestia se dio la vuelta y desapareció en la frondosidad de viejos robles y hayas. La mujer le sonrió por encima del hombro, mostrando un pequeño rostro ovalado de ojos oblicuos y labios carmesíes como granadas. No parecía avergonzarse por su desnudez ante un hombre ni asustarse por la presencia del predador.

—Nada hay que temer —replicó con una voz que sonaba como miel derretida—. Es poco probable que uno o dos lobos me ataquen.

—Pero acaso haya más rondando cerca —insistió Anselme—.Y mayores son los peligros que acechan a quienes yerran solos y sin protección por el bosque de Averoigne. Cuando os hayáis vestido, con vuestra licencia os acompañaré a vuestra morada, esté a la distancia que esté.

—Mi casa está a la vez muy cerca y muy lejos, por así decir —contestó la mujer enigmáticamente—. Pero podéis venir conmigo, si ese es vuestro deseo.

Se volvió hacia la ropa, mientras Anselme se apartó unos pasos entre los alisos, para dedicarse a cortar un sólido garrote con el que defenderse de alimañas o de cualquier otro antagonista. Una deliciosa exaltación se apoderó de él, lo cual hizo que varias veces estuviera a punto de mutilarse los dedos con el cuchillo. Comenzó a considerar que la misoginia que le había impelido a llevar su vida de ermitaño era fruto de la inmadura juventud. Había permitido que un profundo y prolongado resentimiento hacia una injusta criatura hubiera gobernado su vida y actos. Cuando terminó de cortar el garrote, la dama ya se había ataviado y acicalado. Se acercó a él balanceándose como una lamia. Un corpiño de terciopelo verde primavera mostraba la parte superior de los senos, firmemente sujetos como el abrazo de un amante. Una larga toga de terciopelo púrpura, floreada de azul pálido y carmesí, ceñía armónicamente los sinuosos contornos de caderas y piernas. Se calzó unas sandalias de fino cuero, con puntas descaradamente encrespadas hacia arriba. El corte y la antigüedad de las prendas corroboraron las sospechas de Anselme de que se hallaba frente a un ser fuera de lo común. Más que ocultar, aquellas prendas realzaban sus atributos femeninos. Sus ademanes eran a la vez recatados y provocativos.

Anselme le dedicó una cortés reverencia que se contradecía totalmente con su atuendo basto y desaliñado.

—¡Vaya!, observo que habéis sido algo más que un ermitaño —comentó la mujer con fina ironía

—Así pues, me conocéis —replicó Anselme.

—Muchas cosas son las que conozco. Soy Sephora, la hechicera. Seguramente jamás habéis oído hablar de mí, pues vivo apartada en un sitio que nadie puede encontrar a menos que sea mi deseo.

—Apenas sé nada de brujería —reconoció Anselme—, pero sin duda sois una hechicera.

Durante algunos minutos habían seguido un sendero que serpenteaba por el antiguo bosque. Pese a los numerosos paseos que daba por la floresta, era la primera vez que el ermitaño lo recorría. Lo flanqueaban estrechamente esbeltos pimpollos y ramas bajas de enormes hayas. Apartándolos del camino para facilitar el paso a su acompañante, Anselme le rozaba el hombro y el brazo con frecuencia. En varias ocasiones, ella se inclinaba hacia él, como si le costase mantener el equilibrio sobre el rugoso suelo. Su peso constituía una deliciosa carga que, por desgracia, soportaba con excesiva brevedad. El pulso se le aceleró desaforadamente sin que diera muestras de tranquilizarse. Los principios eremitas de Anselme se habían ido prácticamente al garete. La excitación de su sangre y su curiosidad desconocían el límite. Dedicó varias frases corteses a su acompañante, a las cuales Sephora replicó provocativamente. Ahora bien, respondió con imprecisiones a las preguntas de Anselme, que nada podía saber de ella, ni siquiera formarse una mínima opinión. Incluso le desconcertaba el no poder precisar su edad: por un instante creía que se trataba de una chiquilla y, al siguiente, que escoltaba a una mujer madura.

A medida que avanzaban, en varias ocasiones percibió el brillo de un pelaje oscuro agazapado en la espesura baja. Estaba seguro de que el extraño lobo negro del estanque los seguía furtivamente. Sin embargo, el encantamiento del que era presa había desvanecido por completo la sensación de alarma que lo dominó la primera vez. El sendero se empinó para remontar una colina densamente arbolada. Los árboles comenzaron a volverse pinos raquíticos y retorcidos; rodeaban un páramo abierto en la selva como la tonsura de un monje, tachonado con monolitos druídicos de tiempos anteriores a la dominación romana de Averoigne. Prácticamente en el centro se alzaba un enorme crómlech, formado por dos placas verticales que soportaban una tercera a modo de dintel. El sendero conducía directamente hacia la formación megalítica.

—He ahí el portal de mis dominios —anunció Sephora cuando ya se acercaban—. Cada vez me siento más cansada. Llévame en brazos y traspasemos la antigua puerta.

Anselme obedeció de muy buena gana. Cuando la tomó en brazos, notó que las mejillas de la mujer palidecían, los párpados se le movían con rapidez y que se desplomaba. Por un instante creyó que se había desmayado, pero sintió que sus cálidos brazos se le enroscaban y sujetaban en el cuello. Alelado por la situación, traspasó con ella el umbral del crómlech. En aquellos instantes, sus labios repasaron ardorosamente los femeninos párpados, para seguidamente recorrer la dulce llama carmesí de los labios y el exangüe rosa del cuello. Nuevamente pareció como si Sephora se fuera a desmayar ante aquel acceso de ardor. Los miembros de Anselme se doblaron y una furiosa negrura le pobló la mirada. Semejaba como si la tierra debajo de ellos fuera un camastro elástico en el que ambos se estuvieran sumergiendo.

Alzando la cabeza, un súbito y creciente desconcierto se apoderó de él. Apenas se había adentrado unos pasos con Sephora en brazos y, sin embargo, ya no caminaba sobre pastos yermos y secos, sino sobre un frondoso y brillante tapiz de hierba moteado de infinitas flores primaverales. Donde en principio estaba el claro del páramo se elevaban los robles y hayas más grandes que jamás hubiera visto, atiborrados de brotes y hojas nuevas. Al mirar atrás, reparó en que el crómlech era el único vestigio del paisaje anterior, porque el resto ya no se parecía en nada, incluso había cambiado la posición del sol: antes estaba a su izquierda, bastante bajo al este; sin embargo, ahora brillaba con luz ambarina entre las hendiduras silvestres, rozando el horizonte a su derecha. Recordó que Sephora se había denominado a sí misma hechicera. Sin duda alguna, aquello era una manifestación de hechicería. Se puso a mirarla, asaltado por la curiosidad y los recelos.

—No temas —dijo Sephora con una dulce sonrisa plena de serenidad—. Te dije que el crómlech era el portal que conducía a mis dominios. En este lugar, el tiempo y el espacio son conceptos distintos de los que conoces en tu mundo. Incluso cambian las estaciones. Sin embargo, aquí no hay brujería, salvo la de los grandes y antiguos druidas, que poseían el secreto de este reino escondido y usaban estos poderosos bloques de piedra como portal entre los mundos. Si en algún momento te cansas de mí, cuando lo desees puedes volver atrás pasando por la puerta... aunque espero que eso tarde en suceder.

La explicación tranquilizó a Anselme, todavía desorientado. Demostró sobradamente que las esperanzas de Sephora no eran infundadas. A decir verdad, lo hizo con tanta minuciosidad y dedicación, que antes de que la mujer tomase una gran bocanada de aire y pudiera hablar de nuevo, el sol se había ocultado tras el horizonte.

—Está refrescando —comentó mientras se aplastaba contra su pecho y se estremecía ligeramente—, pero ya falta muy poco para llegar a casa.

Arribaron a la hora del crepúsculo; era una torre redonda y alta que se destacaba entre los árboles y unos montículos poblados de hierba.

—Varios siglos atrás —comenzó a explicar Sephora—, en este lugar se había erigido un gran castillo. De él ya solo queda la torre y yo soy su dueña, la última de mi linaje. La torre y las tierras circundantes se llaman Sylaire.

En el interior ardían esbeltas velas que iluminaban bellos tapices con figuras y motivos extraños, pintados con cierta imprecisión. Una servidumbre de facciones pálidas ataviada con ropajes antiguos, con ademanes más propios de furtivos espectros, corría a proveer de viandas y vinos la mesa que la anfitriona y el joven ocuparon en una estancia espaciosa. Los vinos tenían un sabor peculiar y eran manifiestamente añejos, y los alimentos estaban extrañamente condimentados. Anselme comió y bebió a placer. Se encontraba como en un fantástico sueño en el que aceptaba aquel entorno como lo hace el soñador, sin preocuparse por ninguno de los sucesos extraordinarios que le acaecían. Los caldos eran realmente fuertes, de modo que aletargaron cálidamente sus sentidos. Pero la proximidad de Sephora era aún más embriagadora. Ahora bien, se sorprendió un poco de ver que el enorme lobo negro que había visto en el estanque por la mañana entró en la sala para tumbarse a los pies de su anfitriona y bostezar despreocupadamente como un perro.

—Ya ves que es bastante manso —comentó, arrojándole pedazos de carne de su plato. Suelo dejarle entrar y salir de la torre, y él me acompaña cuando salgo de Sylaire.

—Tiene un aspecto feroz —indicó Anselme con visible intranquilidad.

Como si el lobo hubiera comprendido sus palabras, le mostró las fauces al tiempo que emitía un gruñido increíblemente profundo y áspero. Su sombría mirada se pobló de rúbeas manchas como ascuas sacadas de los pozos infernales.

—Vete, Malachie —ordenó la hechicera con firmeza. El lobo la obedeció; antes de salir de la sala, dirigió a Anselme una mirada maligna.

—No le gustas —dijo Sephora—. Pero eso no es nada sorprendente.

Aturdido por el vino y el amor, Anselme se olvidó de preguntarle qué quería decir.

La mañana apareció demasiado temprano; el sol hendía las copas de los árboles que rodeaban la torre.

—Déjame tranquila durante un rato —le pidió Sephora después del desayuno—, últimamente he descuidado mis prácticas y hay ciertos asuntos de los que debo ocuparme.

Inclinándose graciosamente, besó las manos de Anselme. Luego, con miradas y sonrisas, se retiró a una estancia en lo alto de la torre, detrás del dormitorio. Había explicado al antiguo ermitaño que allí guardaba recetas, pociones e instrumentos de magia. Anselme decidió salir y explorar los alrededores. Atento a la presencia del lobo negro, de cuya mansedumbre desconfiaba pese a las palabras de su amada, se llevó el garrote que había fabricado el día anterior en el bosquecillo próximo al Isoile. El paraje estaba surcado por senderos repletos de fresca belleza. Sin duda, Sylaire era una región encantada. Bañado en la dorada luz del sol, acariciado por la brisa perfumada con la fragancia de las flores primaverales, deambuló de claro en claro.

Descubrió un claro de verde hierba en el que un pequeño manantial burbujeaba entre suaves guijarros rebozados en musgo. Se sentó sobre uno de ellos y se puso a recapacitar sobre la extraña e imprevista felicidad en la que se hallaba. Era como en una novela antigua, o las leyendas de amor y fantasía que tanto le gustaba leer. Sonriendo, se acordó de las pullas que le clavó Dorothée des Flèches al expresarle su desaprobación por aficionarse a leer aquellas obras. Se preguntó qué pensaría ahora Dorothée... seguramente, no se le daría un ápice...

Se interrumpieron sus cavilaciones. Un rumor de hojas preludió la aparición del lobo negro, que emergió de la espesura para plantarse delante de él, lloriqueando como si pretendiera atraer su atención. Ya no parecía tan fiero ni amenazador.

Mordido por la curiosidad, y un poco alarmado, para su

sorpresa la bestia comenzó a arrancar, con las zarpas, unas plantas parecidas al ajo y las devoró con avidez. Lo que sucedió a continuación dejó a Anselme sin habla. Delante de él ya no estaba la figura del lobo, sino el poderoso talle de un hombre enjuto, vigoroso, de cabellera y barba negras y mirada flameante. El cabello le nacía casi a la altura de las cejas y la barba, bajo las pestañas inferiores. El vello le cubría los hombros, el pecho y las extremidades superiores e inferiores.

—No tengáis ningún temor, no os haré daño —dijo el hombre—. Soy Malachie du Marais, un brujo, y en otros tiempos amante de Sephora. Cuando se cansó de mí, y temiendo mis poderes, me convirtió en un lobo al darme a beber de las aguas de un estanque que hay en lo más profundo de este reino encantado. Desde edades muy antiguas, sobre ese estanque pesa la maldición de la licantropía, y a sus efectos Sephora agregó sus propios hechizos. Cuando hay luna nueva, puedo zafarme brevemente del hechizo. En otras ocasiones, recobro mi forma humana solo por unos minutos si ingiero las raíces que me visteis desenterrar y devorar; pero se trata de unas raíces que escasean.

Anselme juzgó que los sortilegios de Sylaire eran más sutiles y complejos de lo que había pensado. A pesar de su desconcierto, era incapaz de confiar en el extraño ser que se hallaba delante de él. Había oído numerosas historias sobre licántropos, muy corrientes en la Francia medieval. La gente decía que su fuerza, más que bestial, era demoniaca.

—Permitidme que os advierta del serio peligro en el que os encontráis —prosiguió Malachie du Marais—. Habéis cometido una locura dejándoos seducir por Sephora. Si sois juicioso, abandonad inmediatamente las marcas del reino de Sylaire. La maldad y la brujería son consustanciales a estas tierras, hace tanto tiempo que habitan en ella que acaso surgieron a la par. Los sirvientes de Sephora, que os esperaban ayer al anochecer, no son sino vampiros que duermen de día en las criptas de la torre y salen con las tinieblas. Atraviesan el portal de los druidas para cazar a las gentes de Averoigne. —Detuvo la explicación, como pretendiendo hacer hincapié en las palabras que iba a pronunciar. Los ojos le brillaron aún más intensamente y la voz se le mudó en inquietante susurro. —La misma Sephora no es sino una lamia muy antigua, casi inmortal, que se nutre del vigor de hombres jóvenes. A través de las eras, innumerables han sido sus amantes y, me resulta ingrato decirlo, ignoro a ciencia cierta cuál fue su auténtico final. Su belleza y juventud son mera ilusión. Si pudieseis contemplar su verdadero aspecto, moriríais de repugnancia y dejaríais de amarla al instante.

—Lo que contáis es absurdo. Me resulta imposible creeros —afirmó Anselme.

Malachie encogió sus peludos hombros.

—Por lo menos lo he intentado. Pronto me convertiré de nuevo en lobo y debo irme. Si lo deseáis, venid a verme más tarde a mi madriguera, a una milla al oeste de la torre, quizá os pueda convencer de que os digo la verdad. Mientras, tratad de recordar si en la habitación de Sephora visteis algún espejo como los que suelen tener las jóvenes hermosas. Los espejos aterran a las lamias y los vampiros... por una buena razón.

Anselme regresó preocupado a la torre. Le costaba creer lo que había oído. Y sin embargo, estaba el asunto de la servidumbre de la torre. Aquella mañana apenas había reparado en su ausencia (no los había visto desde la noche anterior), ni tampoco recordaba que entre las pertenencias de Sephora hubiera espejos.

La hechicera ya lo estaba esperando en el vestíbulo inferior. Una breve mirada a la impresionante dulzura de su femineidad bastó para avergonzarse de las dudas que Malachie había sembrado en su corazón. Los ojos de Sephora, penetrantes y tiernos como los de las diosas paganas del amor, le preguntaron qué había hecho. El muchacho le refirió con todo lujo de detalles su encuentro con el licántropo.

—Ah, hice bien en fiarme de mis presentimientos —dijo—. La noche pasada, cuando el lobo gruñó y te echó su última mirada, me dio la sensación de que quizá se estaba volviendo más peligroso de lo que creía. Esta mañana, en la cámara de magia, mis poderes clarividentes me revelaron muchas cosas. Realmente he bajado mucho la guardia. Malachie ha devenido una amenaza para mi seguridad. Además, te odia y hará lo que sea para destruir nuestra felicidad.

—Entonces, ¿es verdad que fue tu amante y que lo transformaste en un hombre lobo?

—Fue mi amante hace mucho, mucho tiempo. Pero devenir hombre lobo fue decisión suya, consecuencia de haber bebido las aguas del estanque que te mencionó. Nunca ha dejado de lamentarlo. Aunque siendo lobo posea ciertos poderes, en realidad eso limita sus acciones y facultades hechiceras. Quiere volver a ser solo un hombre. Si lo consigue, será doblemente peligroso para los dos. Debería haberlo vigilado mejor, pues me he dado cuenta de que me ha robado la receta del antídoto para las aguas de la licantropía. Mi clarividencia me avisa de que ya ha preparado la pócima durante los breves intervalos en que, al mascar ciertas raíces, ha sido hombre. Cuando la beba, será humano permanentemente. Solo espera a que haya luna nueva, porque el hechizo del hombre lobo más débil en ese periodo.

—Pero, ¿por qué me odia Malachie? —inquirió Anselme— ¿Y cómo te puedo ayudar a combatirle?

—La primera es una pregunta bastante estúpida. Obviamente, está celoso de ti. En cuanto al asunto de ayudarme... se me ha ocurrido una buena estratagema contra él.

De los pliegues del corpiño sacó un pequeño objeto púrpura con forma triangular.

—Este frasco —explicó— contiene agua del estanque de los licántropos. Gracias a mi visión clarividente, sé que Malachie guarda su antídoto definitivo en un frasco de tamaño, forma y color parecidos. Si pudieras entrar en su madriguera y cambiarlo por este, creo que los resultados serían bastante peculiares.

—Por supuesto que iré —decidió Anselme.

—Ahora mismo puede ser buen momento —indicó Sephora—. Falta una hora para mediodía, cuando suele salir a cazar. Si lo encuentras en la madriguera o estás en ella a su regreso, siempre le puedes decir que aceptaste su invitación.

Dio a Anselme instrucciones detalladas para encontrar enseguida la madriguera. Asimismo, le proveyó de una espada, afirmando que la hoja estaba templada con los cánticos de hechizos que lo protegerían de seres como Malachie.

—El lobo se ha vuelto impredecible —afirmó la hechicera—. Si te ataca, tu garrote te servirá de bien poco.

Localizó la madriguera enseguida, caminos bien marcados conducían hacia ella sin desviaciones. Consistía en los restos de una torre, deshecha en fragmentos cubiertos de hierba y musgo. Lo que en su momento había sido una alta entrada ahora era un mero agujero por el que un animal de grandes proporciones podía entrar y salir sin problemas. Cuando se halló delante del orificio, las dudas lo asaltaron.

—¿Estáis ahí, Malachie du Marais? —la pregunta no obtuvo respuesta ni en el interior se percibían movimientos. Volvió a gritar. Al final, agachado y moviéndose a gatas, penetró en la madriguera.

La luz natural entraba merced a varias aberturas, enrejadas por caprichosas raíces de árbol. Se trataba más de una caverna que de una habitación. Hedía a causa de restos de carroña sobre los que Anselme prefirió no pensar. El suelo estaba cubierto de huesos, tallos rotos, hojas de plantas y recipientes de alquimia hechos añicos. Un caldero devorado por el orín pendía de un trípode sobre cenizas y restos de leña carbonizada. Cachivaches ensuciados por las goteras yacían por doquier luciendo costras de óxido. Una mutilada mesa de tres patas se apoyaba contra el muro. Tenía un montón de objetos extraños entre los cuales discernió uno de color púrpura, similar al que le había dado Sephora. En una de las esquinas había un manojo de hierba arrancada y en descomposición. Percibió un hedor rancio y agresivo de bestia mezclado con despojos. Anselme vigiló atentamente, intentando percibir ruidos de lobo o cualquier otra criatura. Después, ya sin demora, depositó el frasco de Sephora sobre la mesa y guardó el otro en su jubón.

Se oyó ruido de pasos en la entrada. Se giró para

encontrarse cara a cara con el lobo negro. La alimaña se le acercó, tensa como a punto de abalanzarse sobre él, con la mirada ardiendo como brasas infernales. Los dedos de Anselme se deslizaron hacia la empuñadura de la espada encantada con que le había provisto Sephora. Los ojos del lobo siguieron aquel gesto. Pareció reconocer la hoja. Dio la espalda a Anselme y empezó a comer algunas raíces de aquella planta semejante al ajo, sin duda recolectada para poder llevar a cabo acciones imposibles de realizar con la figura de un lobo. Ahora bien, en esta ocasión la metamorfosis quedó incompleta. La cabeza y el tronco de Malachie se irguieron como los de un hombre, pero las piernas siguieron siendo las de un espantoso licántropo, como si se tratara de un híbrido propio de las leyendas paganas.

—Me siento muy honrado por vuestra visita —dijo medio gruñendo, la mirada y la voz recelosas—. Muy pocos han osado entrar en mi humilde morada, por eso os lo agradezco doblemente. Como recompensa, os haré un regalo.

Con los ágiles movimientos de un lobo, se fue a la mesa y revolvió entre los peculiares objetos que la poblaban. Se quedó con un espejo rectangular de plata bruñida, cuyo mango tenía joyas engastadas. Lo ofreció a Anselme.

—Este es el espejo de la Realidad —explicó—. En él se refleja la auténtica naturaleza de las cosas. Ni siquiera lo pueden engañar las artes de la hechicería. No me creisteis cuando os advertí de lo que Sephora es en realidad. Pero si sostenéis el espejo delante de su rostro y miráis su reflejo, os daréis cuenta de que su belleza, como todo lo que perteneciente a Sylaire, es una vacua mentira, la máscara de un horror y una corrupción sumamente antiguos. Si no me creéis, colocad el espejo frente a mi cara: también yo pertenezco a la inmemorial perversidad de este reino.

Anselme asió el espejo y procedió como le había dicho Malachie. Un momento después, casi se le cayó. Había contemplado una faz que debería yacer bajo tierra muchos siglos atrás. Tanto lo había afectado aquel horror, que después olvidó el episodio de su salida de la madriguera. Se había llevado el obsequio del licántropo, si bien algo lo empujó, en varias ocasiones, a desprenderse de él. Procuró convencerse a sí mismo de que solo había experimentado el resultado de algún burdo truco. Se negaba a aceptar que ningún espejo revelase que Sephora fuera otra cosa distinta de la dulce belleza de cuyos besos sus labios aún conservaban el calor.

Pero tales especulaciones desaparecieron cuando volvió a entrar en la torre. En el vestíbulo aguardaban tres visitantes. Estaban delante de Sephora, la cual, con serena sonrisa, parecía explicarles algo. Muy conturbado, Anselme reconoció a los tres recién llegados. Uno de ellos era Dorothée des Flèches, ataviada con prendas de viaje. Los otros dos eran vasallos de su padre, armados con armas, aljabas con flechas, espadas de doble filo y dagas. Pese a toda aquella panoplia, se mostraban incómodos y recelosos. En cambio, Dorothée semejaba conservar su innato aplomo.

—Pero, ¿qué haces en este lugar tan extraño, Anselme? —le espetó— ¿Y quién es esta mujer, la señora de Sylaire, como se apela a sí misma?

Anselme comprendió que cualquier respuesta rebasaría la capacidad de entendimiento de la muchacha. Miró a Sephora y después de nuevo a Dorothée. Sephora era la esencia de toda la belleza y el encanto por los que siempre había suspirado. ¿Cómo podía haberse creído enamorado de Dorothée? ¿Cómo había decidido convertirse en eremita a causa de su frialdad y ligereza de pensamiento? Tenía una hermosura portentosa, con las cualidades inherentes a la juventud. Pero era necia, exenta de imaginación, prosaica como una mujer casada y con varios hijos. No le extrañaba que jamás lo hubiese entendido.

—¿Qué haces aquí? —inquirió— Pensaba que nunca más nos volveríamos a ver.

—Te echaba de menos, Anselme —contestó la muchacha con un suspiro—. La gente decía que habías renunciado al mundo a causa de tu amor por mí y que te habías entregado a la vida ascética. Al final decidí ir en tu búsqueda, pero desapareciste. Algunos cazadores te vieron pasar ayer con una mujer extraña a través del páramo de las piedras druídicas. Afirmaron que ambos os desvanecisteis más allá del crómlech. Hoy he seguido tus pasos con estos hombres de mi padre. Hemos entrado en estas marcas extrañas de las que nadie tenía noticia. Y ahora, esta mujer...

Un aullido enloquecido interrumpió sus palabras. Con fauces babeantes, llenas de espuma, el lobo irrumpió en el vestíbulo. Dorothée des Fleches comenzó a gritar cuando el animal se dirigió hacia ella, como si la hubiese elegido primera víctima de su incontrolada furia. Sin lugar a dudas, algo lo había enloquecido. Acaso el agua del estanque de los licántropos, cambiada por el antídoto, había redoblado los efectos de la antigua maldición de los hombres lobo.

Los dos guerreros, preparando sus armas, aguardaron inmóviles. Anselme desenvainó la espada de la hechicera y se interpuso entre Dorothée y el lobo. Alzó la hoja, de doble filo, presto a asestar un mandoble. El lobo saltó como impulsado por una catapulta; una certera estocada abrió su garganta en canal y saltó la sangre. La mano de Anselme recibió una fuerte sacudida, y el impacto de su propio mandoble lo rechazó hacia atrás. El lobo cayó a los pies de Anselme, agonizante. Sus fauces habían mordido la hoja. La punta le sobresalía por detrás del cuello. Anselme intentó desclavarla, pero fue en vano. A continuación, cesó la agonía del licántropo y la espada salió sin dificultad. La había sacado de la hendida boca del viejo hechicero, Malachie du Marais, ahora inerme sobre las losas de piedra. Aquel era el rostro que Anselme había contemplado en el espejo.

—¡Me has salvado! ¡Eres maravilloso! —gritó Dorothée.

Se abalanzó sobre Anselme con los brazos abiertos. Un momento más y la situación hubiera devenido incómoda. Pensó en el espejo que llevaba en su jubón, junto con el frasco de Malachie du Marais. Se preguntó cuál sería la auténtica imagen de Dorothée reflejada en la bruñida profundidad del espejo. Lo alzó súbitamente y lo interpuso a la altura de su cara cuando ella estaba a punto de ponerse a su lado. Nunca supo lo que contemplaron sus ojos, mas ejerció unos efectos sorprendentes. Dorothée dio un respingo, el miedo dilató desaforadamente sus ojos. Después, cubriéndoselos con las manos para apartar de ellos alguna infame visión, corrió por el vestíbulo y salió gritando. Los guerreros la siguieron. La rapidez con que lo hicieron denotó que no sentían el menor escrúpulo en abandonar aquel sitio azotado por brujos y sortilegios.

Sephora comenzó a reír suavemente, secundada por Anselme. Por unos momentos, se entregaron a francas carcajadas. Luego recobraron la calma.

—Sé por qué Malachie te entregó el espejo —observó—. ¿No deseas ver cuál es mi reflejo?

Anselme se dio cuenta de que aún lo sostenía. Sin contestarle, fue hacia a la ventana más próxima, que daba a un profundo pozo resguardado entre arbustos y que había formado parte de un foso. Arrojó el espejo.

—Me basta con lo que ven mis ojos. No necesito espejos —dijo—. Y ahora, retomemos ciertos asuntos que se interrumpieron hace demasiado rato.

De nuevo gozaba con la deliciosa proximidad de Sephora, apresada por sus brazos, sus labios con sabor a miel encadenados a los suyos.

Quedaron unidos en el áureo círculo del más fuerte de los hechizos.

[1941]

# LA BESTIA DE AVEROIGNE

CUAL POLILLA que roe los tapices, la vejez pronto deshará mis recuerdos, como hace con los de todos los hombres. Por eso yo, Luc el Calderero, otrora brujo y astrólogo, pongo por escrito el verdadero origen y el violento final de la Bestia de Averoigne. Y cuando haya concluido, sellaré los documentos en una caja que esconderé en una cámara secreta de mi casa en Ximes, a fin de que nadie profane su contenido hasta que hayan transcurrido muchas décadas. Porque no sería bueno que ciertos prodigios se divulgasen cuando ciertas almas todavía pululan por los dominios terrenales del Purgatorio. La verdad solo la conocemos los pocos que, un día, juramos mantenerla en secreto.

Como saben todos los hombres, el advenimiento de la Bestia aconteció a la par que la del cometa rojo que surgió detrás de la constelación del Dragón a comienzos del verano de 1369. Cabellera rutilante de Satán, cabalgando sobre el viento de Gehenna hacia nuestro mundo, el cometa cruzó el firmamento sobre Averoigne con una estela de horror y pestilencia. Y entre la gente se expandió velozmente el rumor de un ser extraño y malvado, una bestia sin sentido sobre la que no circulaba ninguna leyenda.

Antes que ningún otro, el hermano Gerome, de la abadía benedictina de Perigon, fue el primero en contemplar aquel horror. La oscuridad lo sorprendió muy tarde, de regreso al monasterio tras cumplir un encargo en santa Zenobia. La luna no se había dignado brillar para alumbrarle el itinerario; sin embargo, entre los nudosos arbustos y los antiquísimos robles, contempló el resplandor ígneo y vindicador del cometa, que parecía perseguirlo a medida que avanzaba por el camino. Aguijado por un siniestro terror producido por las envolventes sombras, Gerome se apresuró para llegar cuanto antes a la poterna de la abadía. Entre los espesos árboles que se alzaban en el camino hacia Perigon creyó divisar luz en las ventanas, hecho que le levantó el ánimo y le tranquilizó. Pero al proseguir descubrió que en realidad la luz brillaba casi delante de él, debajo de un arbusto. Revoloteaba como una llama baja; cambiaba de color constantemente, de pálida como la tez de un santo a carmesí como sangre recién vertida, o a verde como la ponzoñosa destilación que circunda la luna.

Y entonces, con inefable terror, Gerome contempló el ser rodeado por la luz infernal, siguiendo sus movimientos e insinuando la oscura abominación de una cabeza y unas extremidades que no podían ser obra del Sumo Hacedor. El engendro mantenía una postura erecta, más alto que un hombre de elevada estatura; se balanceaba como una enorme serpiente y sus miembros se ondulaban y curvaban como cera caliente. La gran cabeza plana se aposentaba sobre un cuello de ofidio. Los ojos, pequeños y sin párpados, relumbraban como las ascuas en el brasero de un brujo, lejos de la parte superior y muy juntos, encima de una ristra de enormes dientes, afilados como los de un poderoso murciélago, sin nada que vagamente recordase a una nariz. Poco más pudo ver Gerome, antes de que el ser pasara delante de él, rodeado por su nimbo que cambiaba de verde ponzoñoso a intenso carmesí. No se pudo hacer una idea de cuáles eran sus auténticas dimensiones, cuántas extremidades tenía realmente. Con movimientos rápidos y deslizantes, desapareció entre los cansados y antiguos robles. Eso fue todo.

Casi muerto de miedo, Gerome llegó por fin a la poterna de la abadía y pidió entrar. El portero, tras escuchar el relato del espeluznante episodio, se abstuvo de amonestarlo por haberse demorado.

Antes de nones, de madrugada, en el bosque que se alzaba detrás de Perigon descubrieron un venado muerto. No había sido víctima de lobos ni cazadores furtivos pues el animal apareció exánime de un modo inexplicable. Solo presentaba un profundo corte por la columna, desde el cuello hasta la cola. La espina dorsal estaba destrozada y el tuétano succionado. El resto del cuerpo permanecía intacto. Nadie se pudo explicar quién habría procedido de aquella manera. Ahora bien, los hermanos, teniendo muy presente la historia de Gerome, creyeron que por Averoigne pululaba alguna criatura infernal. Y Gerome elevó una plegaria a la Gracia Divina por haberle preservado del destino del venado.

Noche tras noche crecía el tamaño del cometa, que ardía cual calígine de sangre y fuego, a la par que había hecho retroceder a los astros circundantes. No pasaba jornada en que a la abadía no llegasen noticias de misteriosas y repugnantes depredaciones: lobos muertos con la columna abierta y el tuétano sorbido, caballos y bueyes... Era como si aumentase la osadía del engendro, como si poco le importaran las indefensas criaturas silvestres y de las granjas. Al principio no molestó a las personas vivas, sino que se limitó a darse festines a base de cadáveres cual degenerada carroñera. Sorbió el tuétano a dos cadáveres recientemente enterrados en el cementerio de santa Zenobia, tras haberlos extraído de sus respectivas sepulturas. En ambos casos apenas había probado la médula; sin embargo, como si algo lo hubiese enfurecido o decepcionado, destrozó los cuerpos hasta conseguir que sus restos en descomposición no se pudieran discernir de las mortajas. Se pensó que solo le complacían las columnas vertebrales de seres acabados de asesinar.

A partir de aquel episodio no volvió a perturbar la perpetua paz de los muertos, pero a la noche siguiente a la profanación de las tumbas, hallaron muertos en su cabaña a dos quemadores de carbón vegetal que efectuaban sus labores en el bosque, no muy lejos de Perigon. Otros quemadores que residían cerca oyeron sus horrísonos gritos y percibieron con temor el pesado silencio que se hizo a continuación. Mirando por los resquicios de las puertas atrancadas de sus cabañas, al poco contemplaron, a la luz de las estrellas, una forma que relumbraba obscenamente y que salía de la cabaña para remontarse a las alturas celestes. No fue hasta el amanecer que osaron acercarse a la cabaña para comprobar el destino fatal de sus compañeros, idéntico al de los animales masacrados.

Theophile, abad de Perigon, había consagrado todos sus esfuerzos a combatir a este demonio que había decidido manifestarse en la zona y cuyas abominaciones había cometido a pocas horas de la mismísima abadía. Pálido a causa de las privaciones y el poco dormir, convocó en asamblea a los monjes. A medida que hablaba, en sus cansados ojos resplandeció el ardor propio de quienes combaten a los secuaces de Asmodai:

—En verdad os digo que nos hallamos frente a un difícil adversario. Ha venido con un cometa surgido de Malebolge. Nosotros, los hermanos de Perigon, con cruces y agua bendita, debemos ir a buscarlo si es preciso hasta su oculta madriguera, que acaso se encuentre debajo de estos mismos cimientos.

Así, aquella misma mañana, Theophile, Gerome y seis hermanos más elegidos por su valentía salieron a dar una batida por el bosque. Penetraron en cuevas provistos de antorchas, las cruces bien enhiestas, mas solo hallaron algún que otro lobo y tejones asustados. Rastrearon también las destrozadas cámaras del ruinoso castillo de Faussesflammes, el cual se decía que lo habitaban los vampiros. Sin embargo, ni se toparon con el monstruo ni descubrieron indicios de su presencia.

Transcurrió la mitad del verano bajo la nocturna explosión del cometa. Más de cuarenta hombres, mujeres y niños cayeron víctimas de la Bestia que, si bien parecía mostrar predilección por la proximidad de la abadía, sus incursiones llegaban aun a las orillas del Isoile y a las puertas de La Frenâie y Ximes. Muchos la habían visto de noche, envuelto en aquella maligna luminosidad, pero nunca en pleno día. Además, siempre se desplazaba en silencio, reptando como una colosal serpiente.

Una vez lo divisaron a la luz de la luna en el huerto de la abadía, mientras se deslizaba en dirección al bosque entre las hileras de guisantes y nabos. Y al amparo de las tinieblas, penetró en los muros. Sin despertar a los demás, sobre los que debió de lanzar el hechizo del Leteo, eligió al hermano Gerome, que dormía en su camastro al final de la fila de lechos. El cadáver se descubrió a la mañana siguiente, cuando el monje que dormía justo a su lado se despertó y lo vio inerme boca abajo, empapado en sangre, con toda la parte posterior del hábito destrozada y la carne al descubierto.

La Bestia retornó una semana despés. La nueva víctima fue el hermano Augustin. Pese a los exorcismos y las aspersiones de agua bendita en todos los umbrales, puertas y ventanas, se deslizó por las estancias del monasterio dejando tras de sí un rastro rebosante de blasfemia. Muchos creyeron que el abad corría peligro. Constantin, el hermano cillerero, cuando regresaba de una visita a Vyônes, lo descubrió a la luz de las estrellas trepando por el muro exterior hacia la ventana que daba a la celda de Theophile, orientada justo hacia el gran bosque. Al reparar en Constantin, la grotesca criatura se dejó caer al suelo como un enorme simio y se esfumó entre los árboles.

Aquel suceso armó un gran revuelo y sembró una profunda consternación en la comunidad monacal. Se dijo que, lamentablemente, el enemigo acechaba al abad, el cual pasaba día y noche en su celda en constante plegaria, pálido y demacrado como un santo moribundo, mortificando la carne hasta desfallecer de pura debilidad. Una fiebre interior lo devoraba ostensiblemente. Y cada vez más, aparte de campar a sus anchas por la abadía, el monstruo amplió su radio de acción hasta penetrar en los muros de las ciudades. A mediados de agosto, cuando el cometa había iniciado un tímido declive, aconteció la lamentable muerte de la hermana Therese, la joven y amada sobrina de Theophile, que apareció muerta en su celda del convento benedictino de Ximes. En aquella ocasión, los últimos transeúntes de la jornada vieron a la Bestia en la calle y otros, remontar las murallas, ascendiendo cual ingente escarabajo o araña sobre la piedra desnuda, para finalmente salir de Ximes y desvanecerse en su secreto escondrijo. Se dijo que las inertes manos de la devota Therese asían firmemente una carta de Theophile en la que le comentaba algunos de los sucesos padecidos en su monasterio; asimismo, le confesaba sentirse cautivo del pesar y la impotencia al no saber cómo contrarrestar las abominables acciones de semejante criatura.

De todos estos hechos me enteré aquel verano en mi casa de Ximes, aunque desde el principio tuve conocimiento de ellos debido a mis tratos con las ciencias ocultas y las fuerzas de la oscuridad: aquella bestia ignota era un asunto que me concernía de veras. Una criatura de aquella naturaleza era, de entrada, algo inconcebible. Tampoco llegué a ninguna conclusión tras analizar su origen y su abyecto comportamiento. En vano consulté a las estrellas, la geomancia y la nigromancia fueron inútiles. Cuantas personas interrogué se confesaron ignorantes, pero afirmaban que la Bestia procedía de otros mundos, que estaba más allá de la comprensión de los espíritus sublunares.

Sin saber por qué, un día recordé un extraño anillo oracular que había heredado de mis padres, también hechiceros. Forjado en la antigua Hiperbórea, durante un tiempo propiedad del brujo Eibon, estaba hecho a base de un oro más rojo que el producido por la Tierra en las últimas edades. Llevaba engarzada una gran gema púrpura oscura y palpitante de las que ya no se encuentran. En la gema vivía cautivo un viejo demonio, un espíritu de los mundos prehumanos que contestaba a las preguntas de magos y hechiceros.

Extraje el anillo, depositado en un ataúd abierto y llevé a cabo los preparativos pertinentes para formular las preguntas. Cuando invertí la piedra púrpura sobre un pequeño brasero que ardía con ámbar, el genio me respondió con una voz que salía del mismo aliento de las llamas. Me dijo que el origen de la Bestia, que había surgido del cometa rojo, se remontaba al de una raza de demonios estelares que no visitaban la Tierra desde la fundación de Atlantis. Me refirió los atributos de la Bestia: en su estado natural era invisible e intangible para los mortales, solo tomaba forma del más abominable de los modos. Asimismo, me reveló el único modo en que la Bestia devenía vulnerable. Tales revelaciones constituyeron un crisol de horror y sorpresa aun para alguien como yo, habituado a tratar tal clase de menesteres. El exorcismo que me reveló el genio consistía en una de las prácticas más peligrosas y atroces que se pudiera imaginar. Sin embargo, el genio del anillo insistió en que ese era el único modo de vencerla. Mientras aguardaba el momento propicio, según la conjunción astral, para actuar, me refugié en mis libros y alambiques para distraer la inquietud.

Poco después del horrible final de la hermana Therese, me visitaron el mariscal de Ximes y el abad Theophile, en cuyas facciones y ademanes advertí los estragos del sufrimiento, el horror y la humillación. Ambos, procurando vencer sus naturales escrúpulos respecto a tratar con una persona que ejercía las artes ocultas, me solicitaron consejo y ayuda para acabar con la Bestia.

—Gozáis de excelente reputación de sabio en conocimientos arcanos y en las artes de la brujería —observó el mariscal—, así como en los hechizos que convocan y expulsan a los demonios. Por eso quizá vos triunféis donde otros han fracasado. Hemos acudido a vuestra casa con reticencias, ya que no está bien visto que la Iglesia y la ley se alíen con la brujería; sin embargo, la situación es desesperada y debemos evitar que el engendro se cobre nuevas víctimas. En recompensa a vuestros servicios os prometemos una sustanciosa recompensa en oro, así como inmunidad perpetua frente a la Inquisición. El obispo de Ximes y el arzobispo de Vyônes están al corriente de esta oferta, que se debe mantener en el más estricto secreto.

—No deseo ninguna recompensa —repliqué—, aunque esté en mi mano librar a Averoigne de la presencia de este monstruo. Se trata de una misión extremadamente difícil, erizada de peligros y de final incierto.

—Se os concederá cuanto necesitéis —agregó el mariscal—; contad si es preciso con el apoyo de gente de armas.

Theophile, con voz trémula y quebradiza, me aseguró que todas las puertas, incluso las de la abadía de Perigon, quedaban abiertas a mis peticiones, y que pondría todos los medios a su alcance para que pudiese terminar con la amenaza.

Reflexioné durante unos instantes y contesté:

—Marchaos, pero una hora antes del crepúsculo enviadme a dos soldados a caballo con una tercera montura vacía. Y que estos hombres se distingan por su valor y discreción: esta misma noche haré una visita a Perigon, donde parece que el horror se ceba.

Recordando los consejos del genio cautivo en la gema, el único preparativo que hice para el viaje fue colocarme en el índice el anillo de Eibon y proveerme de una pesada maza, que me ceñí al cinto en lugar de una espada. A continuación, me dispuse a esperar la hora del ocaso, cuando los soldados llegaron puntualmente con los caballos. Se trataba de guerreros fuertes, de reputada fama, ataviados con cotas de malla y armados con espadas y alabardas. Monté sobre la tercera cabalgadura, una yegua negra y vigorosa, y nos encaminamos de Ximes a Perigon por un sendero muy poco transitado que atravesaba la floresta encantada por los hombres lobo. Tenía por compañeros a gente taciturna, solo abrían la boca para responder lacónicamente a preguntas puntuales, lo cual fue de mi agrado: eso significaba que nunca revelarían lo que pudiesen presenciar antes del amanecer.

Nos desplazamos con rapidez, mientras el Sol bañado en sangre se ponía a lo lejos, detrás de la masa arbolada, hasta que las tinieblas se fueron señoreando del mundo como un inexorable manto de maldad. Incluso yo, maestro en hechicerías, me estremecí al pensar en lo que podría haber más allá, en lo profundo de la oscuridad. No obstante, llegamos a la abadía sin ser importunados cuando la luna estaba en lo alto; todos los monjes, excepto el anciano portero, ya se habían retirado. A su regreso de Ximes, el abad había avisado al portero de nuestra llegada y no habría abierto de haber sido esa mi intención, pues tenía otros planes. Le comenté al portero que, en mi opinión, la Bestia volvería a entrar en la abadía aquella misma noche, y le referí mi intención de impedírselo desde fuera de los muros. Le pedí que nos acompañase a dar una vuelta por los alrededores de la construcción, para que desde allí nos mostrase las distintas zonas y salas. Así lo hizo y, mientras nos guiaba, señaló una de las ventanas del segundo piso diciendo que se trataba de la celda de Theophile. Estando orientada al bosque, comenté la temeridad que significaba dejarla abierta. El portero aseveró que tal era la costumbre del abad, a pesar de las constantes invasiones demoniacas que sufría el monasterio. Tras la ventana se intuía el resplandor de una vela, como si el abad estuviese inmerso en sus nocturnas y desgastadoras plegarias.

Concluida la ronda, dejamos las monturas al cuidado del buen portero. Regresamos al lugar desde el que se divisaba la ventana de Theophile, y así comenzó nuestra larga vigilancia. Pálida y huera como la expresión de un cadáver, la luna se elevó más sobre el firmamento y proyectó un espectral manto de plata sobre los sombríos robles y los sólidos muros de la abadía. En occidente, el cometa ardía entre los astros inermes ocultando el enhiesto aguijón de Escorpio.

Hora tras hora aguardamos bajo la menguante sombra de un alto roble; desde allí nadie nos podía ver desde las ventanas. Y cuando la luna inició su descenso hacia poniente, la sombra comenzó a alargarse hacia el muro. Imperaba la más mortal de las calmas, la luz y la sombra eran los únicos movimientos del mundo. La vela del abad se apagó en la equidistancia entre la media noche y el amanecer, como si se hubiera consumido totalmente, y la estancia quedó en tinieblas.

En absoluto silencio, las armas prestas, mis compañeros de vigilancia no movieron un solo músculo ni profirieron la más leve queja. Conscientes del horror demoniaco que debíamos combatir, sus ademanes permanecían inalterables. Entonces me saqué el anillo de Eibon del índice y procedí tal como me había instruido el genio.

Siguiendo mis estrictas órdenes, los hombres se habían quedado más cerca del bosque que yo, siempre en constante alerta. Sin embargo, las tinieblas permanecieron inalterables durante toda la noche y en el cielo se esbozaron los primeros atisbos de claridad. Una hora antes del amanecer, cuando la sombra del gran roble ya tocaba el muro y trepaba hacia la ventana de Theophile, surgió lo que había predicho. Apareció de un modo muy repentino: sin que nada lo hubiera anunciado, se materializó una llama de un rojo infernal, veloz como una centella, que emergió de la floresta y que saltó por donde estábamos, cansados y ojerizos tras toda la noche en vela.

Uno de los soldados había caído al suelo; por encima de él se cernía la masa sanguinolenta y fantasmagórica, en forma de serpiente, de la Bestia. Una cabeza enorme, absurda, sin orejas ni nariz, le destrozaba con sus dientes largos y afilados. Podíamos oír el desagradable chirrío del acero rasgado y hendido. Sin perder un instante, dejé el anillo de Eibon sobre una piedra que había preparado con antelación y machaqué la oscura gema con el martillo que había traído.

El genio de la piedra surgió de los fragmentos, envuelto en una nube vaporosa y grisácea, al principio diminuto como la llama de una vela, después aumentando de tamaño como la leña que se apila para formar una pira. Con voz sibilante, con el acento del fuego y de las llamas, y emitiendo unos poderosísimos destellos dorados, el genio se abalanzó sobre la Bestia para contender contra ella, tal como me había prometido a cambio de liberarle de eones de confinamiento.

Alto y poderoso como las llamas de un auto de fe, atacó fieramente a la Bestia, que entonces se desentendió del guerrero y se contorsionó como una serpiente chamuscada. Su cuerpo y sus extremidades se convulsionaron violentamente, parecieron fundirse como la cera, tenue y horriblemente bajo las llamas, para mostrar una increíble metamorfosis. A cada instante que se sucedía, como un hombre lobo que retorna de su estado salvaje, fue cobrando la figura de un ser humano. La imprecisa negrura de su cuerpo se fue transformando para tomar paulatinamente la forma de las tramas de un tejido y, a su vez, las tramas fueron cambiando hasta adquirir la forma de un hábito oscuro y una capucha como los que llevan los monjes benedictinos. Y en la capucha comenzó a aparecer un rostro que, pese a la deformidad de sus facciones, era el del abad Theophile.

Mis acompañantes y yo contemplamos aquellos prodigios solo por un instante: el genio ígneo siguió agrediendo a lo que un momento antes había sido la temible Bestia. Su rostro volvió a fundirse en una tonalidad oscura como de cera quemada y se elevó una gran columna de humo, acompañada del hedor propio de carne quemada y putrefacta. Y entre la gran columna de humo, por encima de la sibilante voz del genio, percibimos el único grito que emitió Theophile. Enseguida el humo aumentó su espesor y ocultó tanto al atacante como a su víctima; las llamas de un fuego reavivado fueron el único sonido que se percibió a continuación.

Finalmente, el oscuro humo empezó a ascender y a mezclarse con la espesura. Y la luz llameante del genio, transformado en la figura de una quimera, siguiendo unos movimientos rítmicos, se elevó sobre los tenebrosos árboles en dirección a las estrellas. Entonces supe que el genio del anillo había cumplido su promesa y que, por lo tanto, había retornado a la remota y ultramundana profundidad de Hiperbórea a la que lo había arrastrado el brujo de Eibon para aprisionarlo en la gema púrpura.

El aire se limpió del hedor a quemado y a corrupción. De la Bestia no quedaba vestigio alguno. Por eso supe que el feroz demonio de la gema se había llevado al horror nacido del cometa rojo. El soldado que había sido atacado se alzó del suelo prácticamente indemne, aunque con la cota de malla destrozada. Tanto él como el otro guerrero se pusieron a mi lado. Durante largo rato ni se movieron ni dijeron nada. Consciente de que ellos también habían presenciado la inesperada metamorfosis de la Bestia y que la verdad había aparecido ante sus ojos, bajo la luna gris, a punto de amanecer, les hice jurar que guardarían aquel episodio en secreto y que corroborarían la historia que me encargaría de contar a los monjes de Perigon.

Después de tomar todas aquellas precauciones para salvaguardar el buen nombre del abad Theophile, despertamos al portero. Le explicamos que la Bestia nos había pillado desprevenidos; que antes de poderlo evitar, alcanzó la celda del abad y, al poco, salió de ella con Theophile preso en sus extremidades de reptil, como si tuviese la intención de llevárselo al cometa. Lancé un exorcismo al inicuo demonio, que se desvaneció en una nube de fuego y vapor azufrado. Desgraciadamente, el abad se consumió entre las llamas. Su muerte, añadí, fue un caso de auténtico martirio que no había sido en vano: la Bestia no volvería a molestar ni Perigon ni al resto de la comarca, puesto que había usado un exorcismo infalible.

Con grave pesar y aflicción por la pérdida de Theophile, ninguno de los hermanos dudó de la veracidad y coherencia de este relato. En cierto modo la historia no era falsa del todo, ya que Theophile era inocente, nunca había sido consciente de la metamorfosis que tenía lugar en él cada noche, en su celda, ni de las abominaciones que la Bestia había cometido por medio de su cuerpo. Cada noche el ser abandonaba el cometa para saciar su hambre infernal. Sin el cuerpo del abad carecía de forma y de poder para materializar su obscena figura, procedente de mundos allende las estrellas. La noche que vigilábamos detrás de la abadía había logrado matar a una pobre chica en santa Zenobia. Pero después de aquel suceso, nunca más se vio a la Bestia en Averoigne, ni se repitieron aquellos inefables crímenes. El cometa se dirigió a otros cielos y el horror que arrastraba consigo tomó cuerpo en leyendas que varían según el lugar, incluso con otros nombres. Se canonizó a Theophile por haber sufrido aquel extraño martirio.

Quienes en el futuro lean esta historia no la creerán, pues afirmarán que no hay monstruo ni engendro demoniaco capaz de prevalecer sobre la auténtica santidad. En realidad, lo mejor sería que nadie creyese en la veracidad de estas palabras: débil es el muro que media entre el hombre y el ateísmo. Los cielos están poblados de seres cuyo conocimiento comporta la locura; entre la Tierra y la Luna, y aun por las galaxias más alejadas, transitan extrañas abominaciones. Nos han visitado seres innombrables y, no os quepa duda, volverán a visitarnos. Y el mal de las estrellas no es como el mal que gobierna la Tierra.

[1933]

# LAS MANDRÁGORAS

GILLES GRENIER EL HECHICERO y Sabine, su esposa, procedentes del Bajo Averoigne, de lugares desconocidos o que incluso no constan en ningún mapa, habían elegido con sumo cuidado el emplazamiento de su cabaña, cerca de las marismas cuyas aguas estancadas el río Isoile, una vez superado el gran bosque, estría en canales de aguas inmutables, infestadas de juncos, estanques abotagados de juncias, cubiertos de espuma como los potingues de las brujas. La casa se alzaba entre mimbreras y alisos sobre un pequeño montículo. Y enfrente, orientado a las marismas, había un pequeño prado hundido en tierra rojiza donde crecían los cortos y gruesos tallos con pobladas hojas de mandrágoras cuyo tamaño y abundancia superaban el de cualquier otra marca de la provincia donde latiese la brujería.

Gilles y Sabine empleaban las raíces carnosas y bifurcadas de aquella planta, que en opinión de muchos eran semejantes a las extremidades del cuerpo humano, para confeccionar filtros amorosos. Sus pociones, preparadas con muchísimo esmero y astucia, enseguida adquirieron reputada fama entre la gente común de las villas; incluso recibían pedidos de las clases más elevadas, que acudían de incógnito a la cabaña. Se afirmaba que las pociones producían sorprendentes efectos aun en los corazones más fríos y distantes, que hendían las corazas de las almas más virtuosas y castas.

Así pues, la demanda aquellas pócimas magistrales devino enorme. Además, la pareja de hechiceros elaboraba preparados más sencillos para pequeños hechizos y diversas artes adivinatorias. Y según la creencia popular, Gilles leía perfectamente los dictados de las estrellas. Teniendo en cuenta la mentalidad del siglo XV, cuando ciencia y brujería aún iban indiscerniblemente unidas, no es de extrañar que tanto él como su mujer gozasen de excelente reputación. Nadie los acusaba de echar maleficios. Y como los bebedizos habían promovido la celebración de un buen número de matrimonios, la Iglesia local estaba contenta porque se arreglaban bien los asuntos ilícitos surgidos a partir de tales prácticas.

Aun así, al principio hubo quien desconfió de Gilles; con cierto temor murmuraban que lo habían expulsado de Blois, pues en aquella zona había la creencia popular de que todos los llamados Grenier eran hombres lobo. Pusieron de relieve su abundante cabellera, el espeso vello negro de las manos y una barba que prácticamente le nacía a la altura de los ojos. Pero en líneas generales, se juzgó que aquellas aseveraciones carecían de fundamento, y que en Gilles no se apreciaban signos ni actitudes propios de la licantropía. Y al poco, a causa de los motivos expuestos antes, los escasos detractores se vieron completamente superados por la tácita aceptación popular que consiguieron sus prácticas.

En realidad apenas nada se sabía de ellos, ni siquiera los visitantes asiduos. Mantenían la discreción propia de los que se mueven entre misterios y hechizos. Sabine, atractiva mujer con ojos grisazulados y cabello color del trigo, aspecto del todo opuesto al de una bruja tradicional, era ostensiblemente más joven que Gilles, con el pelo y la barba ya maculados por la edad. Algunos clientes rumoreaban que, a menudo, se los oía enzarzados en violentas discusiones. Por supuesto, la gente enseguida se burló, diciendo que la causa de tales disputas domésticas era la confección de los filtros. Pero aparte de estas trivialidades, de poco más se podía hablar. Las contrariedades conyugales de Gilles y Sabine, graves o insustanciales, para nada interferían en los magníficos resultados de sus bebedizos.

Tan poco se notaba la presencia de Sabine que incluso cinco años después de instalarse en Averoigne, los clientes y los vecinos tardaron mucho en percatarse de que Gilles estaba solo. El hechicero respondió que su esposa había emprendido un largo viaje para visitar a los parientes de una lejana provincia. Nadie puso en duda aquellas explicaciones ni se cayó en la cuenta de que nadie la había visto marcharse.

A mediados de otoño, de un modo impreciso y parco Gilles dijo a los que le preguntaron que al menos no regresaría hasta poco antes de la primavera. Aquel año el invierno no solo llegó antes de lo previsto, sino también se demoró más de lo normal: fuertes nevadas y ventiscas azotaron el bosque y las tierras altas, y sojuzgaron las ciénagas con una espesa capa de hielo. Fue una estación dura, dominada por las privaciones. Cuando advino la ansiada primavera, las flores cubrieron los prados y brotaron las hojas en los alisos, muy pocos pensaban en la ausencia de Sabine. Y más adelante, cuando las manzanas sucedieron a las campanillas púrpura de las mandrágoras, su prolongada ausencia dejó de alimentar los temas de conversación.

También parecía que la ausencia no incumbiese para nada a Gilles, plácidamente dedicado a sus libros y marmitas, a la recolección de hierbas y raíces para las fórmulas mágicas. Obraba como si supiera a ciencia cierta que su esposa ya no regresaría jamás. Y es que en realidad la había matado un atardecer de otoño, en el curso de una ácida disputa. En defensa propia, le había arrebatado el cuchillo con el que lo amenazaba y le había abierto el pálido y delicado cuello. Acto seguido, la enterró a la luz de los últimos rayos de la luna, en el prado de las mandrágoras, procurando tapar bien la tierra removida como si, en realidad, hubiese estado plantando nuevas raíces.

Cuando el deshielo también llegó al prado, ya no estaba seguro del lugar exacto en el que había sepultado el cadáver. Ahora bien, a medida que avanzaba la primavera, se apercibió de que en una de las zonas las mandrágoras crecían con mayor profusión que en el resto. Fue allí donde llegó a pensar que yacía el cuerpo de Sabine. Lo visitaba con frecuencia, y no podía evitar sonreírse con complacida y clandestina ironía, en vez de preocuparse porque gracias a aquel osario las mandrágoras brotasen y crecían como en ninguna otra parte. A decir verdad, también era paradójico que el destino lo hubiese llevado a hacer del prado un cementerio familiar.

El asesinato de su esposa no le suscitaba ningún sentimiento de culpabilidad. Desde el principio habían vivido como el perro y el gato. Sabine tenía un carácter endiabladamente fuerte y ladino. Nunca había amado a aquella taimada bruja; cuando lo dejaba solo se sentía infinitamente mejor, sin soportar sus continuos sarcasmos, su mirada ceñuda, sin temer que sus largos dedos y afiladas uñas le desenredasen la barba.

Como había previsto, con la primavera la demanda de sus filtros amorosos subió como la espuma. Los hombres y mujeres de la vecindad acudían constantemente, tanto los galanes que pretendían asaltar los muros de la virtud como las esposas que ansiaban recobrar la ilusión de sus primeros días de matrimonio, o las mujeres crepusculares que deseaban rejuvenecer con el ardor de hombres jóvenes. Por eso, de nuevo tuvo que dedicarse a abastecer bien sus existencias en pócimas amorosas. Para tal efecto, se dirigió al prado de noche, bajo la luna llena de mayo, en busca de raíces recién salidas con que elaborar sus bebedizos.

Con una sonrisa algo perversa, comenzó a seleccionar las plantas, bañadas por la luz argéntea de la luna, que crecían justo donde estaba enterrada Sabine. Con una peculiar paleta hecha a partir del fémur de una bruja, comenzó a desenterrar con mucho cuidado las raíces en forma de hombres diminutos. Aunque completamente familiarizado con las formas extrañas y en cierto manera humanas de la mandrágora, el aspecto de la primera raíz que extrajo lo sorprendió. Inusualmente grande y pálida, cuando se la acercó a los ojos para examinarla mejor vio que sus formas y extremidades ¡eran las propias de una mujer, proporcionada por el justo medio y con los diez dedos de los pies claramente distinguibles! Carecía de brazos y, sin embargo, el pecho estaba formado por una gran mata de hojas ovales.

Gilles se sorprendió sobre todo por el modo en que la raíz semejó girarse y contorsionarse de dolor cuando la arrancó de la tierra. La dejó caer súbitamente y el minúsculo ser se quedó temblando sobre la hierba. Tras reflexionar un poco, juzgó que aquel prodigio era de naturaleza demoniaca y siguió escarbando. Para su sorpresa, la siguiente raíz se parecía extraordinariamente a la anterior. Y la media docena más que extrajo eran la exacta y burda reproducción en miniatura de una mujer de la cabeza a los pies. Y sumido en el desconcierto más absoluto, se dio cuenta del singular parecido que guardaban con la difunta Sabine.

Este hallazgo perturbó profundamente al hechicero, pues superaba aun su enorme capacidad para comprender lo inexplicable. Aquel milagro, divino o diabólico, empezó a cobrar un cariz siniestro e inquietante. Era como si la esposa asesinada hubiera regresado, o que las mandrágoras hubiesen forjado una impía imitación de ella. Le temblaba el pulso cuando se dispuso a desenterrar otra raíz; por eso trabajó con un cuidado menor del acostumbrado y, sin querer, con la paleta de hueso la partió torpemente.

Reparó en que había hendido uno de los minúsculos tobillos. Al mismo tiempo, un grito agudo y lleno de reprobación, parecido al de la voz de Sabine mezclado con furia y dolor, semejó perforarle los oídos pese a percibirlo de forma muy atenuada, como si lo hubiese emitido desde muy lejos. El grito cesó y no lo volvió a oír. Hórridamente aterrorizado, Gilles se dio cuenta de que se había quedado contemplando fijamente la paleta: en ella brillaba una mancha oscura del color de la sangre. Temblando de pies a cabeza, tiró de la raíz mutilada para descubrir que de ella emanaba un líquido parecido a la sangre. Al principio, desarmado por el miedo y algunos escrúpulos, tuvo la intención de enterrar los despojos mutilados y cuyo obsceno parecido con Sabine lo atormentaba. Los escondería en lo más recóndito, fuera de su vista y la de otros; de no ser así, acaso alguien llegaría a sospechar de él o incluso lo acusaría de asesinato.

Sin embargo, comenzó a calmarse. Se le ocurrió pensar que, aunque las viesen otros, aquellas raíces se podrían contemplar como un mero capricho natural, no tenían por qué revelar su delito, puesto que muy pocos identificarían un auténtico parecido con Sabine. Asimismo, pensó que aquellas raíces quizá manifestarían propiedades extraordinarias con las que fabricar pociones de efectos increíbles en cuanto a poder y eficacia. Venciendo por completo sus temores iniciales y la repulsa que le inspiraba la situación, llenó un cesto de mimbre con las figurillas temblorosas y de cabeza vegetal. Retornó a la cabaña, sopesando las posibilidades que le podría reportar semejante fenómeno, menoscabando los normales prejuicios que cualquier otro sentiría en idéntica situación.

Gracias a su manifiesta audacia, cuando se dispuso a aderezarlas para el caldero no le perturbó en absoluto el hecho de descubrir que las mandrágoras estaban bañadas en una sustancia sanguinolenta. Consideró que los borboteos frenéticos del caldo, hirviente y espumoso como la saliva de un demonio, se debían a las excepcionales propiedades de tamaños ingredientes. Incluso osó elegir la raíz con las formas más parecidas a una mujer para colgarla en medio de la cabaña, junto a otras hierbas y componentes, con la intención de consultarla cual oráculo del futuro, como se usaba entre hechiceros.

Los nuevos filtros fueron adquiridos por ávidos clientes. Gilles se arriesgó a recomendarlos para vencer las más arduas virtudes, ya que según él sus propiedades inundaban de pasión los pechos más inasequibles y marmóreos; incluso eran capaces de inflamar la pasión de un muerto.

Ahora, al recordar esta antigua leyenda de Averoigne, creo que se dijo que el impío brujo, sin temer a Dios ni al diablo, osó cavar nuevamente en la zona donde yacía Sabine para extraer muchos más ejemplares de raíces blancuzcas y con formas femeninas, las cuales gritaban desesperadas bajo la luz de la luna o movían sus miembros compulsivamente. Y todos los ejemplares que sacó se parecían sobremanera a la difunta Sabine en miniatura, de la cabeza a los pies. Y a partir de ella compuso nuevos filtros para venderlos cuando se presentase la ocasión.

Sin embargo, nunca llegó a vender estas últimas creaciones, y de las primeras solo vendió unas pocas debido a las tremendas y calamitosas consecuencias que conllevaron su prescripción. Quienes las tomaron, hombres o mujeres, no se sintieron invadidos por la más inflamada de las pasiones, como era deseable, sino que les atacó una oscura ira, una locura satánica que les impelía de modo irresistible a agredir y aun matar a quienes mediante el bebedizo habían buscado prender en ellas la llama de amor. Así, los maridos se volvieron contra las mujeres, las muchachas contra quienes las cortejaban, con palabras insufladas de odio y acciones deplorables. Un joven galán que había acudido a la cita prometida fue acometido por una mujer vengativa que le clavó en el rostro sus afiladas uñas y le abrió sangrantes canales. Una dama que había creído salir vencedora del torneo amoroso fue maltratada hasta morir por su caballero, hasta entonces dechado de cortesía y respeto.

Tal revuelo armaron aquellos sucesos que se pensó que había una invasión de demonios. Al principio se creyó que todos aquellos hombres y mujeres enajenados estaban poseídos por el diablo. Pero cuando salió a colación el uso de las pociones y se vio claramente de quién procedían, la carga de toda la culpa recayó sobre los hombros de Gilles Grenier, que fue acusado de brujería tanto por las leyes eclesiásticas como las civiles.

Los oficiales encargados de arrestar a Gilles lo encontraron al atardecer en su cabaña, inclinado y murmurando sobre un caldero lleno de espuma y que borboteaba con un fluido que hervía cual detritus del Flegeto. Penetraron y lo prendieron por sorpresa. No ofreció resistencia, pero sí mostró una gran sorpresa cuando le explicaron los devastadores efectos que habían causado sus filtros. No alegó nada en favor ni en contra de las acusaciones de brujería.

A punto de llevárselo prisionero, los oficiales percibieron una voz muy débil y trémula que salía de las sombras de la cabaña, donde colgaban manojos de hierbas y plantas, así como aperos propios de la brujería. Lo parecía emitir una extraña raíz, dividida justo por el lugar que podría equivaler a la cintura de una mujer y ennegrecida por el fuego del caldero. Uno de los oficiales creyó reconocer en ella la voz de Sabine, la esposa del brujo. Todos juraron que la habían oído perfectamente pronunciar estas palabras: "En lo más profundo del prado, donde más crecen las mandrágoras".

Petrificados de espanto por las misteriosas palabras y por la repulsiva apariencia humana de la planta, aquel fenómeno lo atribuyeron al influjo de Satanás. Asimismo, no sabían qué pensar de aquellas palabras. Preguntaron a Gilles con mucha insistencia, pero el brujo se negó a cooperar. Fue su nerviosismo ante tales cuestiones lo que finalmente les decidió ir a examinar el sitio señalado por la voz.

Comenzaron a cavar alumbrados por linternas. Hallaron gran cantidad de raíces y, por debajo, apareció el cadáver de una mujer en el que aún se distinguían los rasgos de Sabine. A consecuencia del descubrimiento, Gilles Grenier fue acusado de brujería y de uxoricidio. Lo declararon culpable de ambos delitos, aunque él negó firmemente cualquier imputación de intencionalidad en los efectos de los filtros. En cuanto al asesinato, alegó que la había matado en defensa propia. Lo colgaron en la horca, junto a otros asesinos, y su cadáver fue quemado en la hoguera.

[1933]

# CITA EN AVEROIGNE

MIENTRAS SE DIRIGÍA a Vyônes por el sendero cubierto de hojas que atravesaba los bosques de Averoigne, Gerard de l'Automne meditaba sobre las rimas de una nueva balada que estaba componiendo en honor de Fleurette. Pero más que en la balada, sus verdaderos progresos radicaban en él mismo, sobre todo desde que se había puesto en marcha para encontrarse con Fleurette, a quien había prometido una cita entre robles y hayas, como se promete a cualquier muchacha campesina que se precie. Su amor estaba en esa fase en que, incluso para un trovador profesional, anda más cautivo de la ensoñación que de la inspiración. Así, continuamente pensaba en situaciones que iban más allá del intercambio de palabras amorosas.

Los árboles y los prados habían adquirido el fresco esplendor de las primaveras medievales; la hierba estaba salpicada de diminutas poblaciones de flores azules, blancas y amarillas, como bordadas artísticamente; junto al camino discurría un arroyuelo cristalino cuyo murmullo remitía al delicioso parloteo de ondinas bajo las aguas. El aire, acunado por los rayos del sol, llegaba como en bocanadas de juventud y aventura; y los deseos que emanaban del corazón de Gerard semejaban mezclarse de modo místico con la balsamina silvestre.

Gerard era un trovero cuya juventud y numerosas peripecias le habían reportado fama considerable. Siguiendo la costumbre de su oficio, vagaba de corte en corte, de castillo en castillo. En aquellos días era el invitado del conde de la Frênaie, cuya elevada fortaleza dominaba más de la mitad de los bosques circundantes. Un día, cuando visitaba Vyônes, singular ciudad catedralicia muy próxima al bosque de Averoigne, el trovador vio a Fleurette, hija de un adinerado mercero que se llamaba

Guillaume Cochin; y aunque parezca extraño, se enamoró sinceramente de la joven, más de lo que suele ser común entre personas de su talante y oficio. Se las arregló para revelarle sus sentimientos. Y así, tras un mes a base de cartas de amor, baladas y entrevistas furtivas mediadas por una alcahueta, ella concertó una cita silvestre aprovechando que su padre debía ausentarse. Escoltada por una dama de compañía y un sirviente, a primera hora de la tarde debía salir de Vyônes y encontrarse con Gerard bajo un haya enorme y muy vieja. Una vez allí, los sirvientes debían retirarse discretamente para que los amantes pudieran estar solos. Era poco probable que alguien los viera o importunase: el tupido e inmemorial bosque tenía muy mala fama entre los campesinos. En algún lugar yacían las ruinas del derruido y encantado castillo de Faussesflammes. Asimismo, había una doble tumba sin consagrar en la que el señor Hugh du Malinbois y su castellana, célebre por sus prácticas brujescas, estaban enterrados desde hacía más de doscientos años. Circulaban leyendas espeluznantes en torno a sus figuras y espectros, había historias de hombres lobo y duendes, de hadas, demonios y vampiros que infestaban Averoigne. Gerard había prestado poca atención a aquellos rumores y consideraba improbable que tales engendros osaran aparecérsele a plena luz del día. La alocada Fleurette también era del mismo parecer; ahora bien, para que los criados la acompañasen había sido necesario prometerles una sustanciosa recompensa, ya que ellos sí creían plenamente en las supersticiones de la comarca.

Gerard se había olvidado por completo de las siniestras leyendas de Averoigne; aceleró su marcha por el sendero moteado por los rayos del sol que se filtraban por las enramadas. Estaba a sólo un recodo del punto de encuentro; el corazón le latía con desenfreno y emoción al preguntarse si Fleurette ya lo estaría esperando. Desistió de seguir componiendo la balada; en las tres millas recorridas desde La Frênaie, se había quedado a mitad de esbozar la primera estancia. Aquellos pensamientos propios de un joven enamorado e impaciente fueron interrumpidos por un horrísono grito, nacido de la repulsa y el terror más intensos, que parecía proceder de la verde calma de los pinos que se alzaban junto al sendero. Sorprendido, escrutó las gruesas ramas. Y cuando se restableció el silencio, percibió el son de pasos amortiguados y apresurados y el correteo de varios cuerpos. Volvió a oír el grito, inconfundiblemente proferido por una mujer que se encontraba en peligro. Aflojó las correas de la daga envainada y, empuñando con decisión un largo garrote de carpe para protegerse de las víboras que, se decía, acechaban en los bosques de Averoigne, se internó sin demora ni indecisión entre los troncos de denso follaje.

En un pequeño claro abierto más allá de los árboles, descubrió a una mujer que pugnaba por zafarse de tres rufianes excepcionalmente brutales y malvados. A pesar de las circunstancias, Gerard se dio cuenta de que jamás los había visto en su vida. La mujer, ataviada con una toga esmeralda como el verde de sus ojos, manifestaba en el rostro la palidez de las cosas muertas, una belleza sobrenatural, y sus labios lucían el carmesí intenso de la sangre joven. Por su parte, los hombres eran oscuros como sarracenos, sus ojos ardientes brasas bajo las cejas, tupidas y gruesas como las cerdas de una bestia. Sus pies guardaban una forma muy peculiar; sin embargo, Gerard no reparó en aquel hecho hasta mucho después, cuando recordó que, aunque se movían con agilidad pasmosa, exhibían una extraña deformidad. Por algún inexplicable motivo, nunca fue capaz de rememorar cómo iban vestidos.

La mujer le dirigió una mirada suplicante nada más reparar en él. Los agresores, en cambio, parecieron no prestarle atención. Sin embargo, la peluda mano de uno de ellos aprisionó las de la mujer, que en vano intentaba ir junto al hombre que venía a salvarla. Enarbolando el garrote, Gerard se precipitó contra los villanos. Asestó tal golpe sobre la cabeza del que estaba más cerca que debería haberlo tumbado. Sin embargo, el palo solo hendió el aire y Gerard hizo grandes esfuerzos para mantener el equilibrio. Desconcertado y sin entender nada, se dio cuenta de que el barullo de las figuras se había desvanecido por completo. Los tres hombres habían desaparecido pero, en medio de las ramas de un alto pino alejado del claro, las pálidas facciones de la mujer, antes de fundirse en la espesura, por un instante le sonrieron con tenue, casi imperceptible malicia.

Se hizo la luz en Gerard; y mientras se persignaba, un fuerte estremecimiento le recorrió el cuerpo. Unos fantasmas o demonios lo habían engañado, sin duda con maléficos propósitos; había sido objeto de algún extraño encantamiento. Todo aquello tenía que ver con las sombrías leyendas de los bosques de Averoigne. Retrocedió sus pasos hasta el sendero. Sin embargo, cuando pensó que estaba de nuevo en el punto donde había oído los gritos, el sendero ya no existía; tampoco reconoció ni vio nada que le recordase un solo rasgo del bosque. El follaje ya no era de un verde intenso, sino lúgubre. Los árboles presentaban las trazas propias de los cipreses, o eran presa del decaimiento otoñal o de su muerte definitiva. En lugar de aguas cantarinas había una laguna de aguas oscuras y espesas como sangre coagulada, sin que en ellas se reflejasen las oscuras juncias autumnales que la flanqueaban como la cabellera de un suicida y los troncos de las mimbreras que se retorcían en las márgenes.

Gerard tenía la plena convicción de padecer un malvado encantamiento. El precio de atender a la llamada de auxilio había sido cazado por el hechizo, haber sido atraído hacia el centro de su influjo. Ignoraba qué clase de poderes brujescos o demoniacos lo habían elegido como víctima; no obstante, estaba seguro de que acechaban fuerzas sobrenaturales. Asió con más fuerza el garrote de carpe y, mientras intentaba descubrir indicios tangibles de una maligna presencia, se encomendó a todos los santos que conocía.

Imperaba la más absoluta desolación; el entorno era lugar propicio para una reunión entre cadáveres y demonios. Nada se movía, ni una sola hoja caída, ni un solo murmullo de ramas movidas por el viento, ni un solo trino de pájaro ni zumbido de abejas, ni un solo borboteo de agua. Parecía como si el sol jamás se hubiese alzado sobre aquellos cielos mortecinos; la luz diurna brillaba débilmente, sin matices ni variaciones, sin claros ni oscuros. Gerard escrutó aquel entorno con suma atención: cuanto más se fijaba más aumentaba su intranquilidad, a cada mirada descubría algo inquietante. En el bosque se movían unas luces que, si las observaba con atención, huían como espejismos; sobre la laguna se dibujaban rostros que aparecían y desaparecían cual burbujas con vida propia antes de poder discernir sus rasgos. Y al escudriñar todo el lago, se preguntó por qué hasta entonces no había visto aquel castillo con tantas torretas de piedra vetusta cuyas murallas se asentaban cerca de las aguas estancadas. Tan gris y desgastado lo vio, que semejaba haber permanecido de aquella guisa durante incontables eras entre aguas putrefactas y cielos gangrenados. Era más antiguo que el mundo, anterior a la luz, coetáneo del miedo y la oscuridad. En él habitaba y se extendía un terror inmaterial que se intuía en sus bastiones.

No se apreciaban indicios de que estuviese habitado, ni en las torretas ni en la torre del homenaje ondeaban banderas o estandartes. Pero Gerard tenía la certeza, como si una voz se lo hubiera advertido con total nitidez, de que allí se encontraba el origen de la brujería de la que era víctima. Le envolvió un pánico creciente, creyó notar el batir de unas alas malignas, el murmullo de amenazas y conjuras demoniacas. Se dio la vuelta y, a carrera tendida, se zambulló en la fúnebre maleza.

En medio de su azoramiento, en plena carrera, pensó en Fleurette, se preguntó si lo estaría aguardando en el punto de encuentro, o si ella y su séquito también habrían sido atraídos hacia aquel reino de enfermizas fantasías y estarían atrapados en él. Volvió a elevar sus plegarias e imploró a los santos por que velasen tanto por ella como por él mismo.

La floresta era un cúmulo de desconciertos y misterios. Carecía de rasgos distintivos ni huellas de animales. Los oscuros cipreses y los moribundos árboles otoñales eran cada vez más espesos, como si una perversa voluntad los aunase para impedirle la huida. Las ramas eran brazos implacables que procuraban por todos los medios cerrarle el paso. Gerard habría jurado que sentía cómo se le enroscaban con el vigor y la suavidad de cosas vivas. Se resistió con todas sus fuerzas, al borde de la locura, y le pareció oír el chasquido de una carcajada mefistofélica que se mofaba de sus denuedos. Por fin, con un respingo de alivio, dio con una especie de camino forestal. Se internó en él y corrió como alma que lleva el diablo. Y al cabo de poco, se topó con las orillas de la laguna y, sobre las impávidas aguas, divisó las altas torres del castillo intemporal. Volvió a dar la vuelta y a fundirse en la espesura. Y de nuevo, tras peripecias parecidas, sus pasos lo condujeron a la laguna.

Abatido, sintiéndose botín de lo inevitable, se resignó y abandonó cualquier tentativa de huida. Tenía totalmente embotado el entendimiento, afligido como por designio de una voluntad superior que le anulaba cualquier atisbo de minúscula oposición. Incapaz de resistirse, una asoladora y aborrecible coacción lo empujó por la orilla de la laguna en dirección al castillo.

Cuando estuvo más cerca, vio que lo rodeaba un foso de aguas estancadas como las de la laguna, cubiertas por espumarajos de corrupción. El puente levadizo estaba bajado, la poterna abierta, como si ya estuvieran esperándolo hacía rato. Sin embargo, no parecía habitado, los muros de aquella gris edificación estaban tan silenciosos como los de un sepulcro. Y más fúnebre que todo el conjunto era la mole cuadrada y alta de la impresionante torre del homenaje.

Impelido por el mismo poder que lo había guiado desde la laguna, cruzó el puente levadizo y superó la barbacana para acceder hasta un patio vacío. Ventanas con barrotes semejaban contemplarlo con mirada vacua desde las alturas; y en el extremo opuesto del patio, una puerta inexplicablemente abierta revelaba un oscuro vestíbulo. Al aproximarse a la entrada, un hombre estaba plantado bajo el umbral. Hubiera jurado que, justo un momento antes, allí no había nadie. Gerard seguía llevando su garrote; y aunque su entendimiento le decía que resultaría inútil contra cualquier enemigo sobrenatural, una enigmática intuición lo urgió a asirlo con más resolución a medida que se aproximaba a la figura de la puerta.

Era un hombre extraordinariamente alto y de facciones cadavéricas, ataviado con prendas muy anticuadas. Tenía los labios acentuadamente rojos, que contrastaban aún más con su barba azulada y la mortuoria palidez del rostro. Se acordó de los labios carmesíes de la mujer que, junto con sus agresores, se había desvanecido misteriosamente cuando Gerard se había acercado a ellos. Tenía los ojos blancos, la mirada pálida. Gerard se estremeció al mirarlos, al percibir la sonrisa fría e irónica de sus labios escarlatas, madriguera de un universo de secretos demasiado abominables para revelarlos.

—Soy el señor du Malinbois —dijo el individuo con tono empalagoso y huero, lo que incrementó la sensación de repulsa del trovador. Y cuando separó los labios, Gerard entrevió unos dientes artificiosamente pequeños, puntiagudos como los de una bestia feroz—. La Fortuna ha querido que seais mi huésped —prosiguió—. Ruda e insuficiente es la hospitalidad que os puedo dispensar, y no sería de extrañar que encontraseis mi morada más bien lúgubre. Pero mi bienvenida es absolutamente sincera; considerad vuestro cuanto haya en mi casa.

—Os doy las gracias por tan gentil ofrecimiento —contestó Gerard—. Pero debo reunirme con un amigo y, por extraños designios, parece que me he perdido. Os agradecería en grado sumo si pudierais indicarme el camino hacia Vyônes. No lejos de aquí debe haber algún sendero; he sido lo suficientemente estúpido como para desviarme de él.

Sus propias palabras le sonaron vacías, desesperadas a medida que las pronunciaba; y aquel nombre, señor du Malinbois, le resonaba en la cabeza como los acordes de una marcha fúnebre, aunque fuese incapaz de recordar las ideas macabras y fantasmagóricas a las que lo asociaba.

—Lamentablemente, desde mi castillo no hay senderos hacia Vyônes —replicó el extraño—. Y en cuanto a vuestra cita, la tendréis en otro lugar y de un modo distinto. Así pues, insisto en que aceptéis mi hospitalidad. Entrad, os lo ruego, y dejad vuestro garrote en la puerta. Ya no os hará ninguna falta.

Gerard creyó que sus últimas palabras las había pronunciado con desagrado y aversión, que sus ojos observaban el garrote de carpe con oscura inquietud. El peculiar tono de sus palabras y sus ademanes le despertaron más pensamientos macabros y espectrales, si bien no los pudo expresar del todo hasta mucho después. Algo le aconsejaba no separarse del objeto, pese a la probable ineficacia contra un enemigo etéreo o un ser diabólico. Por ese motivo, dijo:

—Apelo a vuestra magnanimidad para que me permitáis quedarme con el garrote. Hice voto de llevarlo conmigo, empuñarlo en la derecha y no dejarlo más allá del alcance de mi brazo hasta haber matado dos víboras con él.

—Extraño voto el vuestro —observó su anfitrión—. Llevadlo con vos, si os place. Que decidáis cargar con un bastón de madera no es asunto de mi incumbencia.

Se giró abruptamente y le instó a que lo siguiese. Gerard obedeció con renuencia; antes de entrar, miró por última vez el pálido cielo y el patio vacío. Se percató, ya sin maravillarse, de que una repentina y furtiva oscuridad sin luna ni estrellas se hubiese cernido sobre el castillo, como si para hacerlo hubiera estado aguardando a que Gerard penetrase en la morada. Grande como los pliegues de un tapiz desgastado, sin aire fresco, el interior era agobiante como las tinieblas de un sepulcro sellado durante siglos. Nada más cruzar el umbral fue presa de una auténtica opresión, resultaba difícil respirar con normalidad. Unos faroles ardían en la penumbra del vestíbulo, aunque no podía precisar si en realidad iluminaban algo. La luz que irradiaban era singularmente vaga, indefinida, y en el vestíbulo se proyectaban infinitud de sombras que se movían con desasosiego, pese a que las llamas estaban quietas como si ardiesen en el velatorio de una cripta sin ventanas.

Al final del corredor, el señor du Malinbois abrió una pesada puerta de madera oscura. Más allá, en lo que parecía el refectorio del castillo, vio a varias personas sentadas a una larga mesa a la luz de faroles no menos débiles e inquietantes que los del vestíbulo. En una atmósfera tan ambigua y extraña, sus rostros inspiraban una tenebrosa desconfianza, como víctimas de una escabrosa distorsión. Le pareció que apenas podía discernir las sombras y las figuras reunidas alrededor de la tabla. Aun así, reconoció a la mujer del vestido verde esmeralda que se había desvanecido tan misteriosamente entre los pinos cuando había corrido a rescatarla. A su lado, tremendamente pálida, triste y aterrorizada, estaba Fleurette Cochin. En el último extremo, reservado a los criados y demás servidumbre, se hallaban la dama y el criado que la habían acompañado a la cita.

El señor du Malinbois se giró hacia el trovador con una sonrisa de sardónica diversión.

—Creo que ya conocéis a los aquí presentes —observó—. Ahora bien, todavía no os he presentado formalmente a Agathe, mi esposa, que preside la mesa. Agathe, permitidme que os presente a Gerard de l'Automne, joven trovador de profusa fama y prestigio.

Sin musitar palabra, la mujer asintió levemente y señaló la silla que estaba enfrente de Fleurette. Gerard se sentó y el señor du Malinbois, a la usanza feudal, ocupó plaza en la cabecera de la mesa al lado de su esposa.

Por primera vez, Gerard se percató de que había servidumbre. Varios criados penetraron en la estancia y depositaron sobre la mesa diversas clases de vinos y viandas. Prodigiosamente rápidos y silenciosos, resultaba muy difícil precisar sus facciones o la clase de atavíos que llevaban. Parecían moverse como el presagio de un siniestro y perpetuo crepúsculo. Gerard se turbó al notar que le recordaban a los villanos demoniacos que habían desaparecido en el claro del bosque poco después de su ataque.

La comida se celebró entre sensaciones extrañas y fúnebres. Una ineludible pesadumbre, un horror sofocante, una terrible opresión, apabullaron a Gerard. Tenía un alud de preguntas que hacer a Fleurette, así como pedir explicaciones a sus anfitriones y, sin embargo, le resultó imposible construir y articular el más mínimo sonido. Solo podía mirar a su amada y contemplar reflejado en ella su mismo desconcierto y horrendo cautiverio.

El señor du Malinbois y su esposa permanecieron en silencio; durante la comida intercambiaron miradas de complicidad cuyo significado solo conocían ellos. Obviamente, los criados de Fleurette estaban paralizados por el terror, como el pájaro encadenado por la mirada hipnótica de una serpiente venenosa.

Los alimentos tenían un sabor peculiar pero muy exquisitos; los vinos eran extraordinariamente añejos, semejaban retener en sus posos de topacio o púrpura el fuego perpetuo de siglos olvidados. Ahora bien, Gerard y Fleurette apenas si mojaron los labios, y se dieron cuenta de que el señor du Malinbois y su dama ni bebieron ni probaron la comida. Las tinieblas de la estancia se acentuaron; los movimientos de la servidumbre devinieron más furtivos y espectrales; el aire estancado, portador de un peligro innombrable, estaba poseído por el hechizo de una magia negra y letal. Pese a los penetrantes efluvios de las exóticas viandas y los vinos de solera, se percibía el hedor de criptas ocultas, de putrefacción embalsamada y centenaria, junto con la peculiar fragancia especiada que parecía emanar de la dama. Gerard recordó las numerosas historias de las leyendas de Averoigne y que había menoscabado tras escucharlas. Evocó la historia de un tal señor du Malinbois y de su dama, la última y más depravada de su estirpe, ambos enterrados en algún lugar de aquel bosque desde hacía varios siglos; que la gente evitaba su sepulcro pues, aun después de muertos, seguían atormentando con sus hechizos. Se preguntó qué habría aturdido su memoria de tal modo que, la primera vez que oyó el nombre de su anfitrión, había olvidado quién era —o había sido— en realidad. Le vinieron otras historias a la cabeza, y no hicieron sino confirmar las sospechas que tenía respecto a la naturaleza de aquella gente en cuyas manos había caído. Asimismo, se acordó de una superstición popular que hablaba de cómo usar una estaca de madera y cayó en la cuenta del interés que el señor du Malinbois había manifestado por su garrote de carpe. Lo había dejado en el suelo, junto a su silla; comprobó que seguía allí. Muy lentamente y con disimulo, apoyó el pie sobre él.

Finalizó la comida. El anfitrión y su dama se levantaron.

—Os conduciré a vuestros aposentos —anunció el señor du Malinbois, con una sombría e inextricable mirada que abarcó a todos sus convidados—. Cada cual dispondrá de su propia cámara, si ese es vuestro deseo; o Fleurette Cochin y su dama, Angelique, pueden dormir juntas, y Raoul, el criado, puede compartir habitación con messieur Gerard.

Fleurette y Gerard se inclinaron por la segunda opción. Aborrecían hasta extremos insufribles la mera idea de pasar una noche solos en aquel enigmático castillo. Los cuatro fueron acompañados a sus estancias respectivas, emplazadas una frente a la otra en un pasillo cuya longitud apenas si esbozaban las tenues luces. Fleurette y Gerard se desearon unas desesperadas buenas noches sin querer separarse el uno del otro bajo la coaccionadora presencia de su anfitrión. ¡Cuán poco se parecía la cita con que habían soñado! Ambos estaban trastornados ante la situación sobrenatural, los inciertos horrores e ineluctables embrujos de que eran víctimas. Nada más dejar a Fleurette, Gerard comenzó a maldecirse por cobarde, por no haberse opuesto a separarse de su lado. Se maravilló de los efectos del servilismo que gobernaba sus facultades. Parecía como si no fuese él, que una extraña voluntad se hubiese apoderado de la suya y que lo manejara a su antojo.

La habitación del trovador estaba amueblada con un diván y un lecho enorme cuyas cortinas estaban dispuestas y tejidas con tela muy antigua. Ardían velas que recordaban a las de un funeral y el aire hedía a estancado, como si no se hubiera renovado en siglos.

—Que tengáis dulces sueños —deseó el señor du Malinbois. La sonrisa que acompañó a sus palabras era tan turbadora como el tono pringoso y sepulcral con que las pronunció.

Cuando salió y cerró la puerta, un profundo alivio reconfortó a los dos jóvenes. Un alivio que apenas alteró el chasquido de una llave en la cerradura de la puerta. Gerard inspeccionó la estancia y se acercó a su única ventana; a través de ella solo vio la opresiva oscuridad de una noche muy cerrada, como si todo el lugar estuviera sepultado bajo tierra y asfixiado por el moho. Después, poseído por un acceso de ira a causa de su separación de Fleurette, se precipitó contra la puerta y la golpeó, en vano, con sus puños. Dándose cuenta de la inutilidad de su acción, desistió y se giró hacia el criado.

—Bueno, Raoul —dijo—, ¿qué te parece todo esto?

Antes de contestarle, Raoul se persignó y su rostro devino la encarnación de un terror inmenso.

—Creo, messieur —contestó al fin—, que nos han echado un maléfico hechizo, y que los cuerpos y almas de vos, yo, mademoiselle Fleurette y dama Angelique corren mortal peligro.

—Soy de la misma opinión —repuso Gerard—. Lo mejor será dormir por turnos. El que esté de guardia empuñará el garrote de carpe. Pero antes voy a afilarle el extremo con mi daga. Estoy convencido de que sabrás cómo usarlo si tenemos visita. Pues si tal cosa sucede, no me cabe la menor duda de quiénes serán y cuáles serán sus propósitos. Estamos en un castillo irreal en calidad de invitados de gente que lleva muerta, o presumiblemente muerta, más de doscientos años. Y esos seres, cuando despiertan, practican una serie de hábitos que, supongo, no hace falta que te explique.

—Decís bien, messieur —dijo Raoul sin poder reprimir un estremecimiento, pero mirando con vivo interés cómo Gerard afilaba el bastón.

Dejó el extremo aguzado como una lanza; escondió con cuidado las virutas. Incluso labró en la madera una pequeña cruz en medio del garrote pensando que, de este modo, quizá aumentaría su eficacia o los preservaría de ser molestados. Acto seguido, bastón en mano, se sentó sobre la cama; desde allí dominaba toda la estancia entre las cortinas.

—Duerme tú primero, Raoul —le indicó el diván, que estaba cerca de la puerta.

Durante algunos minutos se cruzaron unos pocos comentarios más. Tras oír el relato de Raoul sobre cómo Fleurette, Angelique y él mismo habían sido atraídos por los gritos de auxilio de una dama entre los pinos y habían sido incapaces de volver al camino, el trovador cambió de tema. Para contrarrestar la torturante preocupación por Fleurette, comenzó a hablar frívolamente sobre asuntos que nada tenían que ver con su actual situación. De repente, notó que Raoul ya no le replicaba: se había dormido. En contra de su voluntad y los temores que lo acechaban, casi inmediatamente se apoderó de él un irresistible cansancio. A través de su imparable somnolencia, percibió un susurro como de alas que batían por los corredores del castillo; captó la pronunciación sibilante de voces ominosas, como las de los allegados que responden a invocaciones de magos, y creyó oír, aun en las bóvedas, torres y estancias más apartadas, pisadas de pies que se apresuraban a cumplir secretos y malignos cometidos. Pero pronto una negra malla de olvido se cernió sobre su cabeza y la sitió implacablemente, hasta ahogar los recelos de sus agitados sentidos.

Cuando al fin despertó, las velas se habían consumido por completo; una artificial claridad diurna se filtraba por la ventana. El garrote seguía en su mano y, aunque continuaba con los sentidos embotados a causa del extraño sueño, fue consciente de que nada malo le había sucedido. Pero al mirar entre las cortinas, descubrió que Raoul yacía sobre el diván mortalmente pálido, exangüe, con apariencia de moribundo agotado. Corrió hacia él. Una pequeña herida escarlata le brillaba en el cuello; el pulso le latía muy despacio, débilmente, como cuando se ha perdido mucha sangre. Tenía un aspecto muy mustio, como si la vida ya no corriese por sus venas. Un penetrante aroma emanó del diván, evocación espectral del perfume de dama Agathe. Tras muchos esfuerzos, Gerard consiguió incorporar al sirviente. Raoul estaba muy débil y somnoliento. No podía recordar nada; le invadió un profundo horror al darse cuenta de lo que le había sucedido.

—La próxima vez será vuestro turno, messieur —gritó—. Los vampiros nos retendrán entre estos muros con sus malas artes hasta haber bebido nuestra última gota de sangre. Sus hechizos son como la mandrágora o los brebajes narcotizantes de Catay, nadie se puede resistir a ellos.

Gerard intentó abrir la puerta y, para su sorpresa, descubrió que no estaba cerrada. Satisfechos sus apetitos, la vampiresa había descuidado las precauciones. Imperaba una gran tranquilidad. Le pareció a Gerard que el inquieto espíritu del mal ahora estaba apaciguado, que las oscuras alas del horror y la maldad se habían marchado para cumplir otras misiones siniestras invocadas por hechiceros, que sus acólitos estaban sumidos en un sueño temporal. Abrió la puerta, miró a ambos lados del desierto corredor y llamó a la puerta de enfrente.

Completamente vestida, Fleurette abrió la puerta al instante y se echó en sus brazos sin pronunciar palabra, buscando su mirada con tierna ansiedad. Por encima de ella, vio a Angelique, sentada sobre la cama, inmóvil, con una herida en el cuello similar a la de Raoul. Antes de que Fleurette comenzase a explicarlo, comprendió que la mujer había sufrido un percance nocturno idéntico al del sirviente. Mientras procuraba confortar y tranquilizar a Fleurette, sus pensamientos se obsesionaron con un hecho peculiar: fuera no se veía a nadie, y era más que probable que el señor du Malinbois y su dama estuviesen dormidos, resarciéndose del festín. Gerard se imaginó el lugar y el modo como dormían, y se volvió aún más pensativo al calcular algunas de las posibilidades que se le ocurrieron.

—Animaos, ángel mío —dijo a Fleurette—. Quizá dentro de muy poco podamos huir de esta abominable telaraña de superchería. Pero debo dejaros por un rato y hablar de nuevo con Raoul, pues precisaré de su ayuda.

Regresó a su aposento. El sirviente estaba sentado sobre el diván, persignándose una y otra vez, debilitado, murmurando oraciones con voz hueca, casi a punto de apagarse.

—Raoul —dijo el trovador con cierta brusquedad—, debes reunir todas las fuerzas que te queden y acompañarme. Entre estos muros que nos aprisionan, los pasadizos antiguos y sombríos, las elevadas torres y los pesados bastiones, solo una cosa existe de veras, el resto no es sino mero espejismo. Debemos encontrar esa realidad a la que me refiero y enfrentarnos a ella con coraje, como auténticos cristianos. Recorramos el castillo antes que sus dueños despierten de su vampírico letargo.

Se desplazó por los tortuosos corredores con una rapidez impensable. En su mente había reconstruido el vetusto montón de almenas y torreones que había visto el día anterior. Y conjeturó que la torre del homenaje, emplazada en el centro de la fortaleza, bien pudiera ser el lugar que buscaba. Con el afilado garrote en mano, y Raoul rezagado como sin fuerzas detrás de él, cruzó las puertas de muchas estancias secretas, miró por las numerosas ventanas que daban a la ceguera de un patio interior. Finalmente, salió a la planta baja de acceso a la torre del homenaje.

Era una estancia de grandes proporciones, desprovista de ornamentación, construida totalmente en piedra. Las estrechas saeteras de la parte superior del muro la iluminaban deficientemente; pese a todo, Gerard distinguió la brillante silueta de un objeto que, en un lugar como aquel, forzosamente llamaba la atención: una tumba de mármol. Al aproximarse, descubrió que estaba extrañamente desgastada, maculada por líquenes grises y amarillos que florecían solo al incidir sobre ellos los rayos fugaces del sol. La losa que la cubría tenía doble espesor y, para levantarla, se precisaba toda la fuerza de dos hombres.

Raoul contemplaba la tumba con expresión embobada.

—¿Y ahora qué hacemos, messieur? —inquirió.

—Estamos a punto de penetrar en el tálamo de nuestros anfitriones, Raoul.

Siguiendo sus indicaciones, el criado asió un extremo de la losa y Gerard tomó el otro. Con un esfuerzo que les hizo forzar al máximo tendones y músculos, intentaron apartarla, pero la losa apenas se movió. Por fortuna, cogiendo los dos el mismo extremo, pudieron inclinarla; se deslizó y cayó sobre el suelo provocando un enorme estruendo.

El interior de la tumba contenía dos ataúdes: en uno yacía el señor Hugh du Malinbois; en el otro, su esposa, Agathe. Ambos parecían disfrutar un sueño tan plácido como el de los niños; las facciones de sus rostros llevaban estampada una serena maldad, una perfidia saciada, y el escarlata de los labios refulgía como nunca.

Sin pensárselo dos veces, Gerard hendió el pecho del señor du Malinbois con la punta afilada del garrote. El cuerpo se desmenuzó como si estuviese hecho de cenizas amasadas y pintadas hasta darles apariencia humana. Se percibió un ligero hedor de corrupción y antigüedad. A continuación, repitió la maniobra en el pecho de la señora. Y a la par que su disgregación, el suelo y los muros de la torre del homenaje parecieron disolverse en un atormentado vapor, se desmoronaron por cada uno de los lados de la torre como sacudidos por un trueno mudo.

Confundidos, embriagados por una inefable sensación de vértigo, Gerard y Raoul se apercibieron de que todo el castillo se había desvanecido como las almenas y torreones de una tormenta extinguida; que la laguna muerta y sus ominosas orillas ya no agredían con maléficas visiones. Ambos se hallaban en medio de un claro silvestre, bajo la hermosa luz de un sol vespertino. Del castillo solo quedaba la tumba sucia de líquenes. Fleurette y su dama quedaban a cierta distancia. Gerard corrió hacia la hija del mercero y la tomó en sus brazos. Ella estaba confundida por aquellas experiencias, como quien escapa del laberinto nocturno de una pesadilla para descubrir que todo ha sido un sueño.

—Creo, dueña mía —afirmó Gerard—, que el señor du Malinbois y su dama no interrumpirán nuestra próxima cita.

Fleurette, todavía aturdida, únicamente le pudo responder con un beso.

[1931]

# La exhumación de Venus

ANTES DE QUE EN EL AÑO 1550 ACONTECIERAN ciertos hechos tan réprobos como infames, el huerto de Perigon se emplazaba en el ala suroriental de la abadía. Después de todo aquello, lo trasladaron al ala nororiental y desde entonces ese ha sido su emplazamiento definitivo. Por lo que respecta al primitivo terreno, lo pasaron a ocupar hierbajos y brezos a los que, por estricto designio de los sucesivos abades, nadie osó prestar la más mínima atención. Los hechos que ocasionaron aquel traslado pronto pasaron a formar parte del repertorio popular de leyendas de Averoigne. El grado de veracidad de esta leyenda es complejo de discernir.

Una mañana de abril, tres monjes, Paul, Pierre y Hughes, cavaban con entusiasmo en el huerto. El primero era un hombre maduro pero sano y fuerte como un roble; el segundo estaba en plena juventud; el tercero apenas había salido de la niñez y hacía muy poco que había tomado los votos definitivos. Impelidos por un ardor singular, del cual la inherente impaciencia del joven Hughes acaso tuviese cierta culpa, cavaron el suelo arcilloso con más diligencia que otros hermanos. Gracias al minucioso y paciente esfuerzo de generaciones y generaciones de monjes, apenas si quedaban terrones en el suelo. Pero debido a su imparable arrojo, la pala de Hughes topó con algo sólido y muy enterrado cuyo tamaño no se podía precisar.

Hughes juzgó que aquella obstrucción, con toda probabilidad un pedrusco, había que extirparla en honor del monasterio y a la mayor gloria de Dios. Incansablemente, fue quitando la capa húmeda y ennegrecida de arcilla. Le costaba más de lo que en un principio había calculado. A medida que lo iba desenterrando, el presunto pedrusco comenzó a revelar unas dimensiones sorprendentes y una forma bastante rara. Pierre y Paul se desentendieron de su trabajo para ayudarle. Así, gracias al ferviente entusiasmo de los tres, la naturaleza del objeto pronto quedó al descubierto.

En la gran hoya que habían cavado, los tres monjes contemplaron el rostro y el torso mugrientos de lo que sin duda era la estatua de mármol de una mujer o una diosa de los tiempos paganos. Las palas habían producido algunos rasguños en hombros y brazos, pálidos con un ligero matiz rosáceo; sin embargo, el rostro y el pecho seguían cubiertos por una espesa capa de arcilla. La figura estaba erecta, como colocada sobre un invisible pedestal. Uno de los brazos, alzado, acariciaba delicadamente el opulento contorno del hombro y el pecho. El otro, todavía enterrado, le colgaba ocioso. Los monjes cavaron más profundamente hasta descubrir por completo las caderas y las sensuales piernas. Bajando por turnos a la hoya que iban abriendo, ahora más honda que el más alto de los tres, por fin descubrieron el pedestal, enclavado sobre un empedrado de granito.

Una profunda y desaforada emoción se apoderó de los monjes durante sus trabajos. Sin que consiguieran explicárselo, les pareció ser asaltados por una perversa intoxicación cuando fueron descubriendo los brazos y el pecho de la efigie. Aquella mezcla de horror pío que les insuflaba una imagen pagana y desnuda también les procuraba un placer extraño que, de haberlo identificado, muertos de vergüenza y arrepentimiento, los tres habrían rechazado de plano. Para no mellar ni rayar el mármol, manejaron los aperos con todas las precauciones del mundo. Cuando terminaron y sobre el pedestal quedaron a la vista los delicados pies, Paul, el más viejo, colocado detrás de la estatua, con un manojo de hierbajos comenzó a quitar los restos de arcilla que todavía maculaban la perturbadora imagen. Lo hizo con la mayor de las diligencias; terminó expulsando los últimos restos con el dobladillo de su hábito negro. Los tres, versados en la edad clásica, reconocieron que delante de ellos se alzaba una reproducción de Venus, sin duda de la época de la ocupación romana, cuando los invasores habían erigido en Averoigne varios templos y altares consagrados a aquella deidad.

El mármol apenas si acusaba las vicisitudes de tiempos se-
milegendarios y largos años de sepultura. La ligera mutilación
del lóbulo de una de las orejas, medio escondida entre los abundantes rizos, y la fractura parcial de un dedo del pie solo acentuaron, si tal cosa era posible, la seducción que ejercían sus
lánguidos encantos. Exquisita como diabólicos sueños de juventud, su perfección guardaba un punto de inefable maldad. Los
maduros contornos exudaban una lujuria enloquecedora; los
carnosos labios de Circe, medio coléricos medio sonrientes,
ejercían una malsana y ambigua atracción. Era la obra maestra
de un artista anónimo y decadente; el resultado nada tenía que
ver con la Venus protectora de los tiempos heroicos, sino con la
voluptuosidad desaforada y cruel de las orgías citéreas, presta a
encadenar a las víctimas a los más depravados rincones de la
perdición. La piedra rosácea desprendía un hechizo prohibido.
Una sacrílega servidumbre semejó posarse como un incorpóreo
velo sobre los corazones de los tres hermanos.

Los monjes sintieron un repentino arrebato de vergüenza
que les hizo recordar todos sus votos. Comenzaron a debatir
sobre aquella Venus que, en el huerto de un monasterio, más
bien se hallaba fuera de lugar. Tras un breve intercambio de im-
presiones, Hughes se fue a comunicar el hallazgo al abad y a oír
su previsible decisión de desprenderse de ella. En el ínterin, Paul
y Pierre reanudaron sus tareas en el huerto, acaso dirigiendo miradas furtivas a la divinidad pagana.

Augustin, abad de Perigon, no tardó en presentarse secundado por todos los monjes que, en aquella hora, se hallaban ex-
entos de obligaciones concretas. Con semblante grave, sin proferir palabra, examinó detenidamente la escultura; mientras, el
resto de los presentes guardaba un silencio reverencial que no se
osaría romper hasta que el abad se hubiera pronunciado.

Incluso el piadoso Augustin, pese a su edad provecta y a la
rectitud de su carácter, experimentó el peculiar hechizo que parecía emanar del mármol. Ahora bien, no reveló nada de ello,
incluso se acentuó la calma y austeridad que solía guardar su
semblante. Inmediatamente, dispuso que trajesen cuerdas y diri-

gió los trabajos de sacar a la Venus de su arcillosa sepultura para dejarla justo al lado de la hoya cavada en medio del huerto. De todo ello se encargaron Paul, Pierre y Hughes, ayudados por dos hermanos más. Muchos de los monjes se arracimaron delante de la efigie para examinarla de cerca. En varias ocasiones solicitaron permiso para tocarla, cosa que el abad denegó rotundamente.

Algunos de los benedictinos más ancianos y austeros de la comunidad exigieron su inmediata destrucción; argüían que semejante presencia en el huerto era una sacrilegio, un ultraje pagano. Otros, más pragmáticos, adujeron que cualquier depravado amante del arte antiguo pagaría lo que fuese por aquella manifestación escultórica tan notable de los tiempos romanos. Por su parte, Augustin, alineado con los partidarios de destruir aquel ídolo, sentía que algo muy peculiar y extraño refrenaba su intención de ordenar la pertinente demolición. Era como si la sutil y pecaminosa belleza del mármol le implorase clemencia como un ser vivo, con voz semihumana y semidivina.

Apartando la mirada de los níveos pechos, se dirigió a los monjes con aspereza y los exhortó a que volvieran a sus obligaciones y rezos; asimismo, dijo que la estatua permanecería en el huerto hasta que se ultimaran las disposiciones relativas a su eliminación. Mientras tal cosa llegaba, determinó que con una arpillera se cubriese la obnubiladora desnudez.

El hallazgo de la imagen pagana devino la comidilla de la abadía. Al poco, sembró cierta perturbación y discordia entre la pacífica comunidad monacal de Perigon. Para refrenar la curiosidad de muchos monjes, el abad determinó que nadie se aproximara a la estatua salvo aquellos cuyas tareas les obligasen a pasar o estar cerca de ella. Algunos de los más veteranos lo criticaron por no haber ordenado la inmediata destrucción. Durante los escasos años de vida que le quedaron, Augustin lamentó amargamente aquel síntoma de debilidad. Ahora bien, nadie fue capaz de imaginarse los problemas que iban a aflorar bien pronto. Al día siguiente del descubrimiento, se hizo patente que acechaba alguna influencia maligna y perniciosa.

Hasta aquel momento, las faltas de disciplina habían sido muy raras, y las faltas graves eran casi excepcionales. Sin embargo, pareció como si algún espíritu de rebeldía, irreverencia, ordinariez e inmoralidad hubiese invadido Perigon. Paul, Pierre y Hughes fueron sus primeras víctimas. Uno de los deanes, estupefacto, los sorprendió porfiando con impune frivolidad sobre asuntos más propios de cortejadores que de monjes. Por medio de excusas, los tres alegaron que, desde la exhumación de la estatua, los acosaban pensamientos e imágenes carnales. Culpaban de ello a la escultura, afirmando que un hechizo pagano, procedente del mármol casi humano de la Venus antigua, había caído sobre ellos.

Aquel mismo día, otros monjes fueron descubiertos en situaciones similares; algunos incluso confesaron sufrir deseos lúbricos, visiones como las que habían atormentado a san Antonio durante su vigilia en el desierto. La estatua fue el centro de todas sus acusaciones. Así, antes de vísperas se tuvo noticia de innúmeras infracciones de la regla monástica, varias de ellas de tal naturaleza que precisaron de la reprobación más firme y la más dura de las penitencias. Hermanos de comportamiento intachable fueron hallados culpables de transgresiones cuyo origen solo se podría atribuir al influjo directo de Satán o alguno de sus más directos oficiales.

Pero lo peor vino aquella noche: se descubrió que Hughes y Paul se ausentaron de sus lechos sin que nadie se pudiera explicar dónde estaban. Tampoco volvieron a la mañana siguiente. El abad ordenó que se indagara sobre su paradero. Buscaron en la vecina población de Sainte Zenobie. Allí se enteraron de que Paul y Hughes habían pasado la noche en una taberna de la peor reputación, bebiendo desaforadamente y en compañía de malas mujeres. Muy de mañana, poco antes del amanecer, habían tomado el camino hacia Vyônes, capital de la provincia. Tiempo después fueron encontrados y llevados de regreso al monasterio. Ambos monjes alegaron que su comportamiento se había debido a algún maléfico hechizo que les aquejaba desde que habían tocado la estatua.

Todas aquellas insólitas manifestaciones de lasitud moral se atribuyeron a la indudable impronta del Demonio. El origen del hechizo estaba fuera de duda. Para empeorar las cosas, los monjes que trabajaban junto a la estatua o que pasaban cerca de ella comenzaron a comentar extraños sucesos. Juraron que la Venus ya no era un ídolo tallado, sino una mujer de carne y hueso o un demonio encubierto que no paraba de moverse y arreglar los pliegues de la arpillera de tal modo que dejaba al descubierto uno de los hombros y parte del pecho. Otros aseguraron que por las noches bajaba del pedestal y deambulaba por el huerto; y algunos aun afirmaron que había penetrado en las estancias para aparecérseles en forma de demonio.

Estas habladurías sembraron el miedo y el horror; nadie se atrevió a aproximarse a la imagen. Si bien el problema era manifiesto, el abad siguió posponiendo la demolición, temiendo que cualquier monje que la hubiese tocado, aun con la más devota de las intenciones, deseara dejarse imbuir por la maléfica brujería que había ocasionado la perdición en Hughes y Paul, y que a otros había inducido a pecar de palabra o de obra.

Se sugirió requerir los servicios de seglares para que destrozasen la estatua, se llevaran sus restos y los enterraran bien lejos. Y así se hubiera hecho de no haber sido por el irreflexivo y fanático entusiasmo del hermano Louis, un joven de buena familia famoso entre los benedictinos por su atractivo rostro y su austera piedad. Hermoso como un Adonis, vivía entregado por entero a las oraciones y a profundas demostraciones religiosas; en este sentido, incluso aventajaba al abad y los deanes. Cuando tuvo lugar la exhumación de la estatua estaba copiando un testamento en latín. Ni entonces ni posteriormente se había molestado en inspeccionar un descubrimiento que consideraba más que dudoso. Mostró abiertamente su desaprobación al oír los comentarios que sus hermanos hicieron sobre el hallazgo. Sintiendo que la presencia de aquella imagen ofendía al huerto, evitó asomarse a cualquiera de las ventanas desde la que se pudiera contemplar la estatua. Cuando entre los hermanos se hizo bien patente el pernicioso influjo del mal y la corrupción, manifestó un gran enojo: afirmó que era incalificable que alguna clase de hechizo pagano estuviese arrastrando a la perdición a unos monjes virtuosos y temerosos de Dios. Criticó abiertamente la renuencia del abad Augustin, su renuencia a ordenar la demolición del ídolo; aseveró que, cuanto más tiempo permaneciera allí, peor irían las cosas.

Al cuarto día del descubrimiento, la desaparición de Louis conmocionó profundamente a la abadía. La noche anterior no había ocupado su lecho y, sin embargo, parecía imposible que se hubiera marchado, preso de las mismas tentaciones e impulsos que habían seducido a Paul y Hughes. El abad interrogó severamente a los monjes. De este modo se supo que Louis fue visto por última vez holgazaneando por el taller, hecho que se tuvo por muy peculiar, ya que nunca le habían interesado las herramientas y los trabajos manuales. Inmediatamente fueron a investigar. El hermano encargado de la fragua enseguida notó que faltaba uno de los martillos más pesados.

La conclusión resultó evidente: impelido por su innato ardor religioso, durante la noche había destrozado la estatua. Augustin y los monjes que lo secundaban se encaminaron rápidamente al jardín. Por el camino se toparon con dos jardineros que, al darse cuenta de que la imagen no estaba en su lugar, iban a dar cuenta de ello al abad. No habían osado investigar la naturaleza de la desaparición, plenamente convencidos de que la estatua había cobrado vida y que deambulaba por alguna zona del huerto.

Envalentonados por su número y encabezados por el abad, los monjes se aproximaron al agujero. Desde el borde vieron el desaparecido martillo sobre la arcilla, como si Louis lo hubiese arrojado a un lado. Cerca yacía la arpillera con la que se había cubierto la imagen, pero ni rastro de fragmentos de mármol roto, que era lo que todo el mundo esperaba ver. Las huellas de Louis se distinguían claramente en el borde de la fosa, así como muy cerca de la marca dejada por el pedestal.

Todo aquello era de lo más insólito; empezaron a pensar que el misterio había cobrado un cariz más que siniestro. Entonces, fijándose bien en el pozo, descubrieron un hecho que solo lo podía haber provocado una maquinación de Satán o alguno de sus demonios mujer más perniciosos y seductores: de algún modo, la Venus había sido derribada y había caído al fondo de la hoya. El cuerpo del hermano Louis, con el cráneo partido y los labios reventados hasta formar una pulpa informe y sanguinolenta, yacía aplastado debajo de los pechos de mármol. Con sus brazos había rodeado desesperadamente al ídolo en un arrebato amoroso al cual la muerte había contribuido con su propia rigidez. Pero todavía más espantoso e inexplicable fue el hecho de que los pétreos brazos de la diosa habían modificado su postura y rodeasen el cuerpo del monje, como si ambos cuerpos hubieran sido esculpidos de aquella forma.

El horror entre los benedictinos fue inenarrable. Si el abad no hubiese impuesto su aplomo con su severo semblante, imbuido por la ira religiosa de quien contempla la obra del Enemigo, casi todos habrían salido corriendo tras presenciar tan abominable prodigio. Ordenó que se trajese una cruz, un hisopo, agua bendita y una escalera para descender al fondo de la excavación, alegando que había que redimir del pecado al hermano Louis. El martillo de hierro era la prueba irrefutable de sus primigenias intenciones, pero era evidente que había sucumbido a los demoniacos encantos de la estatua. Sin embargo, la Santa Madre Iglesia no podía dejar a su pobre siervo en las manos del mal. Nada más colocar la escalera, Augustin emprendió el descenso, seguido por tres de los hermanos más fuertes y valientes, prestos a arriesgar su integridad espiritual para salvar el alma de Louis.

La leyenda presenta varias versiones respecto a lo que sucedió después. Algunos dicen que las aspersiones de agua bendita sobre la estatua no surtieron efecto alguno; otros, que cuando las gotas rebotaron sobre el mármol, devinieron vapor infernal y que la carne de Louis ennegreció como la de un cadáver que llevase muerto un mes, prueba evidente de su perdición. Ahora bien, lo único en que coinciden las variantes es que la fuerza de los tres robustos hermanos, trabajando al unísono bajo la direc-

ción del abad, no pudieron zafar el cuerpo de Louis del abrazo
de la diosa.

Por eso, por orden de Augustin, la hoya fue llenada con tierra hasta el mismísimo borde con tierra y piedras. Y aquel lugar,
sin ninguna señal que recordara el suceso, pronto fue cubierto
por la maleza y los brezos que imperaban en el resto del abandonado huerto.

[1934]

# El sátiro

RAOUL, CONDE DE LA FRÊNAIE, era por naturaleza el más confiado de los maridos. Aquella ausencia de suspicacia se debía en parte a la falta de imaginación. Y por lo que respecta a sus demás cualidades, sin duda las embotaban los fuertes vinos de Averoigne. Sea como fuere, de no haber sido por la más imprevista pero fatal de las circunstancias, jamás habría sospechado nada de la amistad de Adele, su esposa, con Olivier du Montoir, joven poeta que, si no hubiera sufrido aquel imprevisto y nefasto percance, en su momento podría haber rivalizado con Ronsard como una de las estrellas más rutilantes de la poesía.

De hecho, al señor conde le enorgullecía que aquel joven y atractivo rapsoda, que se había bañado en las fuentes del Helicón y cuyos sonetos y baladas ya gozaban de cierto renombre allende los límites de Averoigne, mostrase predilección por su esposa. Tampoco le molestaba que los evidentes encantos de Adele inspirasen explícitamente muchas de sus creaciones, que en ellas ensalzara sin ambages su cabellera de ébano, su áurea mirada y demás atributos no menos atractivos y consustanciales a la perfección femenina.

El señor conde no tenía la menor intención de entender la poesía: como muchos otros, la consideraba materia apartada de las cosas mundanas y del sentido común. La métrica y la rima le aturdían las facultades mentales. Mientras tanto, el atrevimiento de las baladas y de su autor fueron aumentando paulatinamente.

Una semana de maravilloso calor bastó para fundir las nieves de aquel invierno tan severo. La primavera pobló los campos con sus flores más tempranas. Olivier había incrementado la frecuencia de sus visitas al castillo de la Frênaie. Él y Adele pasaban mucho rato a solas, ya que casi todos los temas de que trataban trascendían los intereses y la comprensión del señor conde. Y ahora, en primavera, salían a pasear por los bosques circundantes, vergel de verdor que prácticamente se extendía hasta los grises muros y la barbacana de la fortaleza. El aire se embriagaba con las intensas y frescas fragancias de las primeras flores silvestres. Si aquellos paseos fueron el blanco de chismorreos, se produjeron con tal discreción que jamás llegaron a los oídos de Raoul, o incluso de los dos afectados.

Tal como se desarrollaban los acontecimientos, resulta difícil comprender por qué de pronto el señor conde se preocupó por la integridad de su honor conyugal. Quizá entre alguno de sus episodios de caza y bebida en que distribuía su tiempo se percató de que su mujer estaba más joven y hermosa que nunca, que florecía del modo en que las mujeres florecen bajo los mágicos rayos del amor. Acaso había descubierto alguna mirada de ardiente pasión entre Adele y Olivier. O a lo mejor aquella prematura primavera le había atravesado el etílico lodazal de su cerebro con un batallón de sensaciones y pensamientos largo tiempo olvidados, y por fin se hizo la luz en él.

Fuera lo que fuese, ya llevaba días preocupado. Y una tarde de principios de abril, a su retorno de Vyônes, adonde había ido para atender unos asuntos, la servidumbre le informó que la señora condesa y Olivier du Montoir habían salido a dar un paseo por el bosque. Su abúlica expresión no reveló cuáles eran sus auténticos pensamientos. Pareció reflexionar durante unos instantes.

—¿Adónde se dirigieron? Es preciso que hable enseguida con la señora condesa.

Los sirvientes le indicaron la dirección. Salió en su busca, siguiendo lentamente el sendero que habían tomado, hasta que el castillo desapareció de su vista. A partir de entonces, aceleró la marcha y, al internarse en la espesura, comenzó a acariciar la empuñadura de su espada.

—Tengo un poco de miedo, Olivier. ¿Vamos a alejarnos

mucho más?

Adele y Olivier se habían apartado un poco de los límites que solían abarcar sus paseos. Se hallaban en una zona del bosque de Averoigne donde los árboles son más viejos y altos. Se decía que algunos de los enormes robles ya eran viejos y altos en tiempos del paganismo. Muy poca gente frecuentaba aquellas lindes. Y entre los habitantes de la región, a lo largo de generaciones se habían transmitido extrañas leyendas y creencias. En aquellos andurriales habían acontecido hechos que suponían una afrenta a la ciencia y una blasfemia. Se decía que quien osara penetrar en los confines inmemoriales de aquellos claros bañados por las sombras silvestres sería presa de malignos influjos. Varias eran las creencias y las leyendas, solo vagas especulaciones. Sin embargo, todas coincidían en que el bosque estaba poseído por alguna entidad enemiga de los hombres, algún espíritu primordial más antiguo que Jesucristo o Satanás. Quienquiera que hollase los dominios de aquel ser terminaba siendo pasto del horror, la locura, la posesión infernal o de pasiones irracionales y torvas que conducían a la condenación del alma. También había personas que, entre susurros, explicaban quién era aquel espíritu, describían su aspecto y contaban historias asombrosas. Sin embargo, tales asuntos eran desoídos por los cristianos devotos.

—Solo un poco más —insistió Olivier—. Mirad a vuestro alrededor, dueña mía, fijaos cómo estos viejos árboles se han engalanado con la radiante frescura de abril, cómo se regocijan ante el retorno del calor y los rayos del sol.

—Pero la gente explica historias horribles, Olivier.

—Cuentos para asustar a los niños. Sigamos un poco más. Nada nos hará daño; solo nos aguarda una inmensa y cautivadora belleza.

Efectivamente, las nuevas hojas hacían que los grandes robles y hayas pareciesen imbuidos de juventud. El bosque semejaba rebosar despreocupación y júbilo divinal. Costaba creer en fábulas y supersticiones. Era uno de esos días en que el corazón siente la imperiosa necesidad de amor perpetuo, de errar por siempre jamás. Así pues, tras superar ciertos reparos femeninos y con muchas promesas, Olivier convenció a Adele y prosiguieron.

En el sendero aparecían huellas de animales u hombres que les permitieron seguir el camino con mayor facilidad. Las ramas que pendían en ambos márgenes los envolvían en un suave manto de verdor y daban la impresión de engullirlos. Algunos rayos dorados de sol traspasaban las altas copas para crear aureolas en torno a las bellas y escondidas lilas que florecían entre los contorsionados amasijos de enormes raíces. Los troncos estaban retorcidos, llenos de señales centenarias, contrahechos y deformados por el peso de incontables años, pero con un hálito de antigua sabiduría, de serena armonía. Adele prorrumpió en exclamaciones de gozo y alegría. Ni ella ni Olivier veían nada siniestro o inquietante en la exquisita belleza y desbordante pintoresquismo que les ofrecía la vieja floresta.

—¿Me creéis ahora? —preguntó Olivier— ¿Tenéis algo que temer de unas flores y unos árboles inofensivos?

Adele se limitó a sonreír. En medio de aquel círculo dorado de rayos de sol, ella y Olivier se contemplaron con intensa intimidad. En el inmóvil aire flotaba un extraño perfume que llegaba en lentas oleadas, procedente de un origen indeterminado; una fragancia que semejaba hablar maliciosamente de amor, permisividad, languidez, complacencia. Ninguno sabía de qué flor emanaba, ya que desconocían casi todos los ejemplares que se hallaban en los contornos, algunos con forma de pesadas campanas blancas o rosas, otros con pétalos rizados y gemelos, o con corolas como heridas sonrosadas. Al mirarse de aquel modo, se notaron ensartados por un fogonazo de pasión. Se les aceleró el pulso como si hubieran ingerido un eficaz filtro. Los ojos de Olivier, brillando con manifiesta pasión, y el moderado rubor en las mejillas de la señora condesa eran el síntoma de que compartían el mismo deseo. El amor incontenible, mutuamente ocultado hasta aquel momento, se abría paso por las venas de ambos.

Siguieron caminando en silencio, con la incómoda

sensación de un descubrimiento que procuraban reprimir a toda costa. No osaban pronunciar palabra; tampoco repararon en el aspecto de la zona en que se adentraban. Y ninguno de los dos prestó atención a la repugnante deformidad de los troncos, los obscenos y monstruosos hongos cuya palidez mancillaba las sombras silvestres, las flores carmesíes que se exhibían provocativamente al sol. El hechizo de su lujuria se cernía sobre los amantes, ebrios por la mandrágora de la pasión. Todo lo que estaba más allá de sus cuerpos, de sus corazones, del latido de su ardiente sangre, era más difuso que los sueños.

La floresta se volvió más espesa, las ramas arqueadas semejaban urdimbres de tinieblas. Los ojos de criaturas feroces los contemplaron desde sus ocultas madrigueras, con destellos de malicioso carmesí o frío e intenso berilo. Y un pestilente hedor de aguas estancadas, asfixiadas por las hojas del último otoño, se alzó para dar la bienvenida a los amantes y para atenuar un poco el peligroso encantamiento que los atenazaba.

Se detuvieron junto a un estanque circundado por rocas; los alisos multiplicaban sus deterioradas copas como deseando perpetuar para siempre los agónicos resabios de un caduco frenesí. Y allí, entre las ramas bajas de los alisos, entre un brote de hojas nuevas, descubrieron un rostro que les lanzó una mirada lasciva. Era una visión increíble. Durante unos instantes no pudieron creer lo que veían. Sobre la cara semihumana se alzaban dos cuernos entre una mata de grueso vello, ojos rasgados, boca animal, barba con cerdas de jabalí. La cara era vieja, inimaginablemente vieja, surcada por arrugas y líneas fruto de inequívocos eones de lujuria. La mirada era un crisol incontrolable de malicia y corrupción atesoradas desde los tiempos del paganismo. El rostro de Pan, desde su secreto escondrijo, contemplaba con odio a los intrusos.

Un terror de pesadilla se apoderó de Adele y Olivier: enseguida les vinieron a la memoria todas las leyendas. Se había roto el hechizo de su pasión, los efectos de la droga del deseo habían remitido por completo. Como si hubieran despertado de un profundo sueño, vieron aquella faz y percibieron, más allá del salvaje palpitar de su sangre, el eterno conflicto entre el bien y el mal, las carcajadas del terror, cuando la visión desapareció entre el ramaje. Estremecida, Adele se echó por primera vez en brazos de su amante.

—¿Habéis visto eso? —susurró.

Olivier la atrajo hacia sí. Ante aquella deliciosa proximidad, la repugnante criatura que habían visto se le hizo improbable e irreal. Sin duda alguna clase de contrahechizo había conjurado aquel horror hasta hacerlo desaparecer. Sin embargo, ignoraba si habían sido víctimas de una alucinación pasajera, una fantasía causada por las hojas de los alisos o por el demonio que decían que moraba en Averoigne. La estupefacción que había causado todo aquello carecía de fundamento lógico o racional. Fuera lo que fuese, se sentía muy feliz: gracias a eso, Adele se había refugiado en sus brazos. Solo podía pensar en la proximidad, la calidez de los labios que durante tanto tiempo había ansiado besar. Comenzó a tranquilizarla, a disipar sus temores, a hacerle ver que todo podría haber sido fruto de la imaginación. Mezcló los esfuerzos por calmarla con ardientes declaraciones de amor. La besó... se olvidaron del sátiro...

Raoul los encontró juntos, tendidos sobre una alfombra de musgo dorado por los rayos del sol, que pasaban por el único resquicio que encontraron entre el elevado follaje. Ni lo vieron llegar ni lo oyeron cuando se detuvo, con el acero desenvainado ante aquella imagen de ilegítima felicidad.

A punto estaba de ensartarlos de una sola estocada cuando sucedió algo tan inesperado como inconcebible. Con celeridad sobrenatural, una criatura de pelo castaño, un ser que no era ni hombre ni bestia, sino más bien infernal mezcla, surgió de las ramas de los alisos y arrebató a Adele de los brazos de Olivier.

Raoul solo pudo presenciar la acción fugazmente; después fue incapaz de describir cómo sucedió. Era el rostro que había contemplado con lujuria a los amantes desde la espesura. Sus extremidades y cuerpo pertenecían a los de criaturas propias de las leyendas antiguas. Desapareció tan inefablemente como había aparecido, llevándose consigo a la mujer entre sus brazos.

Sus gritos de terror fueron anulados por los enloquecidos y diabólicos estertores de sus carcajadas.

La distancia fue apagando los gritos y carcajadas, entre la impenetrable espesura, hasta desaparecer por completo; luego se hizo un imperturbable silencio. Lo único que pudieron hacer Raoul y Olivier fue mirarse mutuamente con la más absoluta estupefacción.

[1931]

# EL FINAL DE LA HISTORIA

*ENCONTRARON ESTA NARRACIÓN entre los documentos de Christophe Morand, un joven estudiante de leyes de Tours, tras su inexplicable desaparición, acaecida durante una visita que hizo al hogar paterno, cerca de Moulins, en noviembre de 1798:*

El bosque de Averoigne se había saturado con la luz mortecina del ocaso, adelantado ante la amenaza de una repentina tormenta. Los árboles que flanqueaban la carretera habían devenido deformes masas de ébano; la propia carretera, pálida y espectral ante mis ojos, daba la impresión de expandirse y contraerse ligeramente, como al insondable ritmo de un corazón telúrico. Espoleé mi montura, agotada tras todo un día de viaje; ya llevaba horas marchando con un cansino y monótono trote. Proseguimos bajo una creciente oscuridad, entre la inmóvil asechanza de unos enormes robles cuyas ramas pendían sobre la calzada cual dedos crispados a nuestro paso.

La oscuridad había tendido sus dominios vertiginosamente, la negrura era un espeso y tangible velo; un repentino pánico y la confusión me impelieron a aguijar el caballo sin piedad. Los lejanos avisos de la tormenta se mezclaron con el repiqueteo de los cascos, los primeros relámpagos iluminaron nuestro camino, el cual, para mi sorpresa (pensaba que transitaba por la carretera principal de Averoigne), se había estrechado hasta mostrarse como un sendero. Con la certeza de haberme extraviado, pero sin el menor deseo de retroceder bajo las fauces de las tinieblas y las ciclópeas nubes, proseguí con la lógica esperanza de que, si me hallaba en un sendero, este de un modo u otro terminaría llevándome hasta una casa o un castillo donde pernoctar.

Bien pronto se confirmaron mis esperanzas. A los pocos minutos, atisbé el brillo de una luz entre la maleza, y al poco salí a un gran claro en el que surgió una soberbia y gran edificación, con algunas ventanas iluminadas en el piso inferior. Por el contrario, las nubes engullían toda la parte superior.

"Sin duda es un monasterio", me dije a medida que me aproximaba. Desmonté. Me dirigí a la gran puerta de roble, así la maciza y burlona aldaba en forma de cabeza de perro, y la dejé caer pesadamente sobre el batiente. Se produjo un sonido inesperadamente alto y vibrante, una reverberación casi sepulcral. Sorprendido y consternado, se me escapó un estremecimiento que, al poco, se desvaneció cuando un monje de elevada estatura y facciones fuertes abrió la puerta y tras él, apareció un amplio vestíbulo bañado por el desenfadado resplandor de unos faroles.

—Sed bienvenido a la abadía de Perigon —dijo el monje con tono suave.

Mientras, otra figura también con hábitos de monje pero embozada se encargó de mi caballo. Apenas si tuve tiempo de agradecerles las atenciones, ya que en ese instante la tormenta estalló con toda su furia. Pese a haber cerrado la puerta una vez dentro, se percibía perfectamente el bramido de la cortina de agua y los truenos que rubricaban el resplandor de los relámpagos.

—Afortunadamente nos encontrasteis a tiempo —comentó mi anfitrión—. No es nada aconsejable andar por ahí bajo semejante heraldo del infierno.

Intuyendo que me moría de hambre y cansancio, me condujo hasta el refectorio. Me obsequió con un generoso trozo de carne de cordero, pan recién horneado, lentejas y un excelso tinto.

Se sentó delante de mí mientras deglutía las viandas. Cuando fui saciando el hambre, lo escruté con mayor detenimiento. Tenía una constitución alta y robusta. Sus facciones proporcionadas, una frente no más ancha que la poderosa mandíbula, denotaban inteligencia y apetito por los placeres mundanos. Emanaba un hálito de delicadeza y refinamiento, erudición, hedonismo y buen gusto, seguramente el legado de un noble linaje.

Me dije a mí mismo que aquel monje debía de ser un experto tanto en libros como en vinos. Mi expresión traicionó mi curiosidad, ya que sin haberle preguntado me contestó:

—Soy Hilaire, abad de Perigon. Pertenecemos a la orden de los Benedictinos, que viven en armonía con Dios y todos los hombres. Disentimos de quienes sostienen que la mortificación y el descuido del cuerpo enaltecen el espíritu. Tenemos la despensa repleta de saludables viandas, y nuestras bodegas guardan los mejores y más añejos vinos de la región de Averoigne. Y si tales asuntos son de vuestro interés y agrado, como así parece, disponemos de una biblioteca nutrida a base de raros volúmenes, manuscritos de valor incalculable con las más exquisitas obras de la Cristiandad y los tiempos paganos. Incluso guardamos algunos escritos que sobrevivieron a la catástrofe de la biblioteca de Alejandría.

—Os agradezco vuestra hospitalidad —repliqué con una leve reverencia—. Me llamo Christophe Morand, estudiante de leyes. Desde Tours me dirigía a la casa de mi padre, cuyas propiedades se encuentran cerca de Moulins. Los libros también son mi pasión, y nada me complacería más que el privilegio de visitar una biblioteca tan impresionante y rara como la que mencionáis.

Acto seguido, mientras terminaba la cena, nos dedicamos a hablar de los clásicos, a citar y comentar pasajes de autores latinos, griegos o cristianos. Mi anfitrión manifestó una erudición tan vasta y profunda, una familiaridad tan inaudita con la literatura clásica y moderna, que a su lado me mostré como el más torpe de los principiantes. Rectificó con educación mi más que dudoso latín; después de haber dado cuenta de la botella de tinto, ya conversábamos como viejos amigos.

El cansancio se había disipado; me invadía una singular sensación de bienestar, de alivio físico, combinados con una vivacidad y entusiasmo mental. Así pues, cuando el abad sugirió echar un vistazo a la biblioteca, accedí con prontitud.

Me guió por un largo pasillo a cuyos lados se disponían las celdas de los hermanos de la orden, hasta la puerta abierta, pese a llevar su maciza llave en el cinto, de una vasta estancia con un techo muy alto y grandes ventanales. El abad no había exagerado lo más mínimo: los anaqueles rebosaban de volúmenes, muchos de ellos apilados sobre unas tablas colocadas en las esquinas. Había rollos de papiro, de pergamino, de papel vitela. Extrañas biblias bizantinas y coptas; antiguos manuscritos árabes y persas con tapas decoradas con motivos vegetales o con joyas engastadas; fragmentos de incunables de las primeras imprentas. Incontables obras de autores antiguos copiadas por los monjes, encuadernadas en ébano y marfil, con códices luminosos y caracteres cuyas tipografías eran de por sí auténticas obras de arte. Con una delicadeza llena de amor y meticulosidad, el abad Hilaire extrajo de los anaqueles un volumen tras otro para que los examinara.

La mayoría de ellos no los había visto en mi vida, algunos me resultaban desconocidos, ni siquiera sospechaba de su existencia. Mi creciente interés, mi indisimulado entusiasmo, complacieron visiblemente al abad. De pronto, presionó un mecanismo oculto en una de las tablas y se desplegó un cajón. Me dijo que contenía ciertos tesoros que preservaba a los ojos de iniciados y profanos, aun de los mismos monjes.

—Aquí —enumeró— hay odas de Catulo que no hallaréis en ninguna edición de sus obras publicadas. También hay un manuscrito original de Safo, la copia íntegra de un poema del cual solo se conocen pequeños fragmentos; también hay dos de las historias perdidas de Tales de Mileto; una carta de Pericles a Aspasia; un diálogo inédito de Platón; la antigua obra de un astrónomo árabe anónimo que se anticipó a las teorías de Copérnico. Y, por último, la infame *Histoire d'Amour* de Bernard de Vaillantcoeur, quemada nada más publicarse y de la que solo existe otra copia.

Anonadado, ebrio de curiosidad ante los tesoros que me iba mostrando, reparé que en una de las esquinas del cajón yacía un delgado volumen encuadernado en piel oscura y sin título en la cubierta. Lo tomé: contenía unas pocas páginas escritas en algo que me pareció francés antiguo.

—¿Y este? —inquirí, volviéndome a Hilaire, cuya expresión súbitamente se había tornado melancólica y acongojada.

—Es mejor no preguntar, hijo mío. —Se persignó; su voz adquirió un tono áspero, inquieto, profundamente conturbado. —Las páginas que tenéis en vuestras manos están malditas: un diabólico hechizo, un maligno poder emana de ellas; el cuerpo y el alma de quien ose leerlas detenidamente se hallarán en grave peligro.

Repitiendo la señal de la cruz, me arrebató el volumen y lo colocó de nuevo en el cajón.

—Pero, padre —osé objetar—, ¿qué peligro podrían entrañar las hojas de un pergamino tan breve?

—Christophe, hay asuntos más allá de vuestro entendimiento; cosas que sería mejor que jamás supierais. Satán se manifiesta de modos innumerables; aparte del mundo y la carne existen otras tentaciones, males tan sutiles como irresistibles, herejías ocultas, nigromancias que ningún hechicero practica.

—Pero, ¿de qué pueden tratar las páginas que esconden un peligro tan oculto, una trampa tan impía?

—Os prohíbo que sigáis preguntando —el rigor y la determinación de su voz me disuadieron de seguir interrogándole. —Para vos, hijo mío —continuó—, el peligro sería doble porque sois joven, apasionado, os mueve el afán de aprender, la curiosidad. Creedme, es mejor olvidar cuanto antes que habéis visto este manuscrito.

Nada más cerrar el cajón oculto, la melancolía y la consternación se marcharon de su rostro, que recobró su habitual afabilidad.

—Ahora —anunció al tiempo que se giraba hacia uno de los anaqueles— os mostraré la copia de Ovidio que estaba en posesión de Petrarca.

Era de nuevo el paciente sabio, el amable y atento anfitrión; resultaba obvio que era mejor no aludir al misterioso manuscrito. Ahora bien, la actitud severa, la implícita prohibición que entrañaban sus advertencias, me habían suscitado una tremenda curiosidad. Pese a tener consciencia de aquella malsana obsesión, durante el resto de la noche apenas si pude pensar en otra cosa. Mientras, para mi deleite, Hilaire me mostraba otros asombrosos incunables, en mi cabeza comenzaron a bullir toda suerte de especulaciones fantásticas, terribles y absurdas.

Finalmente, ya medianoche, me condujo a mi habitación, una estancia reservada a los huéspedes, cómoda y profusamente ornamentada con tapices, alfombras y un lecho muy mullido, nada que ver con las austeras celdas de los monjes o la del mismo abad. Aun después de que Hilaire se hubiese retirado, disfrutando de la comodidad de la cama, la cabeza seguía cautiva de las especulaciones sobre el manuscrito prohibido. Ya hacía rato que la tormenta había pasado; me costó conciliar el sueño, pero cuando lo logré, caí en un sopor profundo y sin pesadillas.

La deslumbrante claridad de la mañana entró por la ventana como oro destilado. La tormenta había muerto sin dejar el más mínimo rastro de nubes en la palidez de aquel cielo azul de octubre. Me asomé a la ventana y contemplé el mundo de un bosque otoñal, campos resplandecientes como el diamante a causa de las gotas de lluvia. Un panorama atiborrado de belleza, un idilio solo para alguien que reside largas temporadas en una ciudad, entre muros y edificios abigarrados en lugar de bosques, entre calles adoquinadas y no prados.

No obstante su belleza, mis ojos pronto se apartaron de aquel entorno para fijarse, más allá de las copas de los árboles, a una milla y media aproximadamente, en una colina sobre cuya cima se recortaban las ruinas de algo que vagamente remitía a un castillo, sus muros desgastados, las torretas claramente discernibles. Anclé la mirada sobre aquella mole con apasionamiento, apabullado por las intrínsecas asociaciones que suscitan tales edificios; me pareció algo tan natural e inevitable que no dediqué un solo momento a reflexionar. No podía apartar los ojos y así permanecí mucho rato, aunque no sabría precisar cuánto, esforzándome al máximo en distinguir cuantos detalles pudiera de la torreta y el bastión raídos por el tiempo. La forma, la disposición de la mole, ejercían sobre mí una vaga atracción, una clase de fascinación parecida a la que pueden llegar a causar el fragmento de una melodía, los versos de un poema, las facciones de un rostro. Obsesionado en mirar, me sumergí en cavilaciones de las que luego nada recordé pero que me insuflaron la seductora sensación del placer indescriptible que dejan algunos sueños al despertar.

El suave golpear de unos nudillos en la puerta me devolvió a la realidad; me percaté de que estaba desnudo. Era el abad, que había venido para preguntarme si había pasado una buena noche y para anunciarme que el desayuno estaba listo, que lo tomase cuando quisiera. Por algún extraño motivo, me avergoncé un poco de haberme dejado arrastrar por las ensoñaciones. Y aunque era totalmente innecesario, me disculpé por haberme levantado tan tarde. Por un momento me pareció que Hilaire me miraba con intensidad, pero enseguida me aseguró, con exquisita cortesía, que no había nada en absoluto de qué disculparse.

Después de dar buena cuenta del desayuno, comuniqué a Hilaire, entre incontables expresiones de agradecimiento por su hospitalidad, que debía seguir mi camino. Ahora bien, tan manifiesta fue su contrariedad al oír tal decisión, tan vehemente su insistencia en que permaneciera al menos una noche más, que no pude sino aceptar. A decir verdad me convenció sin problemas, puesto que al aprecio que ya sentía por Hilaire se sumaba el misterio del manuscrito prohibido, que gravitaba constantemente sobre mis pensamientos; alejarme de aquel lugar me resultaba penoso. Asimismo, para un joven aspirante a erudito la libertad de consultar una biblioteca como la del abad era un privilegio inusual que habría sido de estúpidos rehusar.

—Me gustaría —le comenté— profundizar en algunos temas de mis estudios, ya que cuento con la inmensa fortuna de examinar vuestra incomparable colección.

—Hijo mío, quedaos cuanto queráis, leed los libros que deseéis y las veces que os plazca.

Al decir esto, Hilaire desató la llave de la biblioteca que pendía de su cinto y me la entregó.

—Ciertos asuntos me obligan a abandonar el monasterio

por unas horas; no me cabe la menor duda de que, aprovechando mi ausencia, os vendrá en gana mirar volúmenes.

Poco después se excusó y salió del monasterio. Entusiasmado en mi fuero interno por disponer tan pronto de aquella inmejorable oportunidad, al instante me encaminé hacia la biblioteca con el único propósito de leer el manuscrito prohibido. Sin apenas fijarme en los atestados anaqueles, palpé la tabla en busca del resorte y presioné. Tras un angustioso instante, el cajón surgió por debajo.

Me gobernaban un impulso que había devenido auténtica obsesión, una curiosidad enfebrecida que rozaba el umbral de la locura. Aunque hubiera sabido que la integridad de mi alma hubiese dependido de ello, no habría podido resistirme al deseo de coger del cajón el libro con la cubierta sin título.

Me senté en una silla próxima a uno de los ventanales. Comencé a hojear las páginas, que solo eran seis. Tenían una escritura muy peculiar, con una tipografía que jamás había visto en ninguna otra parte. El francés usado no solo era antiguo, sino también de una brutalidad inusitada. Pese a los problemas para entender y desentrañar las frases, desde la primera palabra me invadió una intensa emoción. Seguí leyendo con todas las sensaciones que se experimentan bajo el influjo de un hechizo o tras ingerir una pócima de insospechados efectos.

Carecía de título y fecha. La narración comenzaba y concluía con la misma brusquedad. Hablaba de un tal Gerard, conde de Venteillon, el cual, la víspera de su boda con la renombrada y bella Eleanor des Lys, se topó en el bosque próximo a su castillo con una criatura semihumana con cascos y cuernos. Gerard, decía la historia, era un joven caballero con reputada fama de combatiente y un devoto cristiano; en nombre de Nuestro Señor Jesucristo, conminó a la criatura a detenerse y decirle quién era. Con una salvaje carcajada a la luz del ocaso, el extraño ser se detuvo delante de Gerard y le respondió:

—Soy un sátiro, y vuestro Jesucristo significa para mí menos aún que los hierbajos que crecen al pie de los escombros amontonados junto a los muros de las cocinas.

Horrorizado ante semejante blasfemia, Gerard hizo ademán de desenvainar su espada para cercenar la cabeza de la criatura, pero esta siguió hablando:

—Aguardad, Gerard de Venteillon, os revelaré un secreto tal que os hará renegar de vuestra fe en Cristo, olvidar a vuestra futura esposa y dar la espalda al mundo sin dudarlo y sin que os arrepintáis de ello una sola vez.

A su pesar, Gerard aproximó una oreja y el sátiro le habló en susurros. Nadie sabe qué llegó a decirle; sin embargo, antes de que se fundiera en las sombras del bosque, el sátiro volvió a hablar en voz alta:

—El poder de Cristo ha prevalecido como una negra escarcha sobre todos los bosques, los ríos, las montañas que albergaron la felicidad de los dioses y las ninfas de antaño. Y no obstante, en escondidas cavernas, a mucha profundidad, como ese infierno fabulado por vuestros sacerdotes, pervive el amor pagano, resuenan los gritos del éxtasis pagano.

El ser prorrumpió de nuevo en inhumanas carcajadas; y en un abrir y cerrar de ojos, desapareció en la sombría floresta.

A partir de aquel encuentro se operó un cambio en Gerard de Venteillon. Regresó a su castillo abatido, sin intercambiar un solo comentario alegre ni amable con sus huéspedes, y fue su voluntad permanecer siempre en silencio, sin apenas reparar en nadie. Aquella noche tampoco fue a visitar a su futura esposa, como le había prometido. Ahora bien, a medianoche, cuando una luna en cuarto menguante apareció en el oscuro firmamento como bañada en sangre, se encaminó clandestinamente hacia la salida trasera del castillo y siguió un sendero antiguo, prácticamente olvidado, y continuó hasta las ruinas del castillo de Faussesflammes, que se alza sobre una colina frente a la abadía benedictina de Perigon.

Estas ruinas (decía el manuscrito) ya son muy viejas, y la gente de la región las evita desde muy antiguo. Pende sobre ellas la leyenda de un demonio inmemorial, y se comenta que constituyen la morada de almas pecadoras, el punto de reunión de hechiceros y súcubos. Como inconsciente o menoscabando tales rumores, Gerard se sumergió en las sombras de los desmoronados muros y se dirigió, con la firmeza propia de quien conoce el camino, hacia el extremo septentrional del patio. Allí, justo debajo y entre dos ventanas centrales de lo que en su momento pudieran haber sido las estancias de una castellana, con el pie derecho ejerció presión sobre una de las losas que difería de las circundantes por ser triangular. La losa se movió e inclinó debajo de su pie, y mostró una serie de peldaños de granito que se adentraban en las profundidades. Tras encender una vela que había traído, descendió por los peldaños, y cuando su cuerpo ya estuvo totalmente debajo, la losa retornó a su posición original.

A la mañana siguiente, Eleanor des Lys, su prometida, y todo el séquito de la boda, lo esperaron en vano al pie de la catedral de Vyônes, la ciudad principal de Averoigne, donde se debía celebrar la boda. Y desde entonces, nadie volvió a verle, jamás circuló el más mínimo rumor sobre Gerard de Venteillon ni se especuló sobre cuál habría sido su destino...

Aquel era el contenido del manuscrito, que concluía de ese modo. Como he dicho antes, no había un solo indicio sobre su autor ni la fecha de escritura, ni de qué fuentes había bebido para enterarse de tales sucesos. Lo extraño fue que, en aquellos momentos, no dudase para nada sobre su veracidad. Y la curiosidad por conocer el contenido del manuscrito fue reemplazada por un intenso deseo mil veces más poderoso y obsesivo: conocer el final de la historia, qué habría encontrado Gerard de Venteillon al descender por el pasaje secreto.

Por supuesto, mientras leía la historia enseguida asocié las ruinas del castillo de Faussesflammes con las que había contemplado desde la ventana de mi habitación. Y al reflexionar sobre ello, se apoderó de mí una fiebre incontrolable, una excitación malsana, sacrílega. Deposité el manuscrito en el cajón, salí de la biblioteca y durante un tiempo recorrí los pasillos del monasterio sin rumbo fijo. Me topé con el monje que se había ocupado de mi montura la noche anterior. Le pregunté con la mayor prudencia que pude, como quien no quiere la cosa, sobre las ruinas que se contemplaban desde los ventanales de la abadía.

Se persignó y me observó con un destello de horror en la mirada.

—Son las ruinas del castillo de Faussesflammes —contestó—. Desde tiempos inmemoriales, dice la gente, han sido morada de espíritus impíos, brujas y demonios. Y en sus muros se celebran ritos sacrílegos e impronunciables. Ni las armas ni los exorcismos ni el agua bendita han podido con ellos. Muchos bravos caballeros y monjes se han internado tras los muros y las sombras de Faussesflammes para no regresar jamas. Y se dice que, una vez, uno de los abades de Perigon se dirigió hacia allí para enfrentarse a los poderes del mal. Sin embargo, de lo que le sucedió solo quedan conjeturas o la más absoluta de las ignorancias. Hay quien asegura que los demonios son abominables arpías cuyas extremidades inferiores se enroscan cual serpientes; otros aseveran que hay mujeres de belleza sobrehumana cuyos besos hacen que la carne de los hombres se consuma en las llamas eternas... Por lo que a mí respecta, ignoro si tales historias son ciertas, pero os aseguro que nunca se me ocurriría rondar por los muros de Faussesflammes.

Antes de que terminase la perorata ya había tomado una determinación: tenía que ir a Faussesflammes y averiguar por mí mismo, si era posible, lo que había pasado en realidad. Fue un impulso súbito, desconcertante, ingobernable. Aunque me hubiera resistido, nada habría logrado, como si hubiese sido víctima de las malas artes de algún hechicero. La proscripción del abad Hilaire, la extraña historia inconclusa del manuscrito, la maligna leyenda evocada por el monje... cualquiera de aquellos aspectos, por si solo, debería haberme aterrorizado y hecho desistir de tal aventura. Pero sucedió todo lo contrario: los caprichos de la mente, el deseo de desvelar un arcano misterio, penetrar en los vericuetos de mundos olvidados, acaso gozar de placeres inimaginables, me encendieron tanto la imaginación como el deseo. Ignoraba con qué me toparía, en qué consistirían tales deleites; sin embargo, latía en mí cierta sensación mística que me impulsaba a creer en su existencia y autenticidad del mismo modo que el abad Hilaire estaba convencido de la existencia del

Paraíso.

Decidí ir aquella misma tarde, aprovechando la ausencia de Hilaire, el cual sin lugar a dudas sospecharía de mis intenciones y se opondría frontalmente. Pocos fueron los preparativos: una pequeña vela, algo de carne, un trozo de pan y una daga envainada que siempre llevaba conmigo. Cuando salía del monasterio me encontré con dos hermanos. Les comuniqué que iba a dar un pequeño paseo por los bosques circundantes. Me saludaron con un jovial "pax vobiscum" y prosiguieron su camino.

Me encaminé lo más rectamente que pude a Faussesflammes, cuyas torretas perdía de vista de vez en cuando a causa de la espesura. Me interné en la espesura. Sin senderos que seguir, con frecuencia no tenía más remedio que detenerme y pensar por qué parte del sotobosque continuar. Obcecado por el afán de llegar cuanto antes, creí que había tardado horas en subir hasta las ruinas, cuando probablemente lo hice en apenas media hora. Después de superar el último repecho, casi me di de bruces con la visión del castillo, en el centro de la explanada que se formaba en la cima.

Los árboles habían echado sus raíces en los derruidos muros bajos; la destrozada verja que daba acceso al patio estaba medio asfixiada por arbustos, zarzas y ortigas. Me abrí paso con bastantes esfuerzos y a costa de varios desgarrones en la ropa. Me adentré en el patio, como Gerard de Venteillon en el viejo manuscrito, hasta el extremo norte del patio. Entre las losas crecían inmundos hierbajos cuyas enormes y carnosas hojas, a la luz de crepúsculo otoñal, se habían tornado de un púrpura y granate siniestros. Pero pronto di con la losa triangular que mencionaba el manuscrito. Y sin el menor atisbo de duda ni demorándome un solo instante, con el pie derecho ejercí presión sobre ella.

Cuando la gran losa se inclinó con facilidad bajo mi pie y reveló los oscuros peldaños de granito, me invadió un delirante estremecimiento, una emocionante sensación de triunfo, mezclada con algo de inquietud. Por un momento, los horrores descritos en las leyendas de los monjes tomaron cuerpo en mi imaginación. Petrificado ante la negrura abierta bajo tierra, me pregunté si no sería víctima de un hechizo satánico que me arrastraba hacia enormes peligros de nefando terror.

Por un momento estuve a punto de claudicar. Poco después se diluyó la sensación de peligro; los temores de los monjes se convirtieron en meras fantasías, aunque siempre las tuviera presentes, siempre prestas a asediar mis pensamientos, a sujetarme cual amorosos brazos. Encendí la vela y comencé a bajar por los escalones. Y como le había sucedido a Gerard de Venteillon, el bloque de piedra volvió a su primigenia posición. Sin lugar a dudas, se debía a algún mecanismo accionado por el peso de una persona sobre uno de los escalones. Pero no me detuve a especular sobre cómo funcionaba ni cómo habría que accionarlo desde dentro para que me permitiese salir al aire libre.

Una docena aproximada de escalones conducían a una cripta baja, estrecha, con telarañas ahogadas en polvo y que apestaba a humedad. Al fondo, un pequeño umbral daba acceso a una segunda cripta mayor y más llena de polvo que la precedente. Así fui atravesando varias criptas más, hasta desembocar en un largo pasadizo o túnel, medio obstaculizado por bloques o montañas de escombros que se habían desprendido de los laterales. Hacía mucha humedad, percibía con total nitidez el penetrante hedor de aguas estancadas y moho subterráneo. Mis pies chapotearon varias veces pequeños charcos y me cayeron gotas fétidas y nauseabundas, como si estuvieran supurando de un osario. Más allá del hálito luminoso de mi vela, me parecía ver como si formas serpenteantes se fundieran en la oscuridad y rehuyesen mi encuentro. Ahora bien, no podría jurar si se trataba de serpientes o de sombras que se apartaban, vistas por unos ojos aún no acostumbrados a las tinieblas de las criptas.

Al doblar un súbito recodo del pasadizo, vi lo último que se me habría ocurrido encontrar allí, bajo tierra: el resplandor de la luz del sol en lo que parecía ser el final del túnel, aunque formular tal afirmación fuese bastante precipitada. Me apresuré, con cierto barullo en la cabeza, y me paré en seco en la misma apertura, totalmente deslumbrado por los rayos solares.

Aun antes de haberme repuesto de la sorpresa y de haberme fijado en el paisaje que se extendía ante mí, me sorprendió un hecho extraño: aunque había penetrado en las criptas a primera hora de la tarde y las había atravesado en pocos minutos, el sol ya rayaba el horizonte. Asimismo, la luz solar era más brillante y suave que la que había visto sobre Averoigne; y el cielo era de un azul intenso, sin muestras de palidez autumnal. Con imparable estupefacción, el paisaje se me aparecía irreconocible, no podía identificar nada que me resultase familiar. Al revés de lo que se pudiera esperar, nada se asemejaba a la colina donde se erigían las ruinas de Faussesflammes ni su entorno. A mi alrededor se extendían hermosos prados y un riachuelo dorado describía suaves meandros hasta desembocar en un mar de azul profundo, visible allende las copas de los laureles... Sin embargo, en Averoigne no había laureles y el mar distaba a cientos de millas: así pues, imaginad cuán confuso y sorprendido me sentí.

Jamás había contemplado una vista tan hermosa. La hierba del prado sobre el que caminaba era más suave y brillante que un terciopelo esmeralda, y estaba repleto de violetas y asfodelos multicolor. El verde oscuro de las encinas se reflejaba en la dorada corriente; y en la distancia, divisé el pálido resplandor de una acrópolis marmórea sobre un oteruelo de la llanura. Todo parecía tocado por el halo de una suave y fresca primavera que acude a los brazos de un opulento estío. Era como si me encontrase en la tierra de un mito clásico, de una leyenda griega. Y a cada momento que se sucedía, sorpresa tras sorpresa, aquella completa e inefable belleza me infligía un irrefrenable y creciente éxtasis.

Cerca de allí, en un bosquecillo de laureles, un tejado blanco resplandecía bajo los postreros rayos de luz. Me aproximé atrapado por la misma fascinación, solo que ahora más intensa y apremiante, con la que había leído el manuscrito prohibido o me había acercado a las ruinas de Faussesflammes. Con certeza esotérica, comprendí que había culminado mi búsqueda, que estaba ante la recompensa de mi alocada y quizá impía curiosidad.

Una risa, armoniosamente mezclada con las hojas de laurel mecidas al compás de un dulce y calmado vientecillo, me dio la bienvenida al penetrar en la floresta. Entre los troncos me pareció discernir unas formas vagas. Un ser greñudo, con cuerpo de cabra y cabeza humana, se cruzó en mi camino como si anduviera persiguiendo a una etérea ninfa. En el corazón del bosquecillo descubrí un palacete de mármol con columnas dóricas. Al acercarme, dos mujeres me saludaron a la manera de las antiguas esclavas. Aunque mi griego hablado era más que deficiente, comprendí sin problemas su purísima variante ática.

—Nicea, nuestra ama, os aguarda —me anunciaron.

¿De qué más podía maravillarme ya? Acepte la situación sin objeciones ni preguntas, como quien capitula ante los acontecimientos que se desarrollan en los más dulces sueños. Probablemente, pensé, estoy soñando, en realidad sigo durmiendo en el aposento del monasterio, aunque nunca había soñado imágenes tan hermosas como vívidas.

El lujo del interior rayaba la indecencia; evidentemente, pertenecía al periodo helenístico, marcado por las influencias orientales. Me condujeron por un pasadizo que refulgía gracias al ónice y al porfirio pulido, hasta una habitación profusamente decorada. Allí, sobre un diván tapizado con tejidos bellísimos, yacía una mujer de radiante hermosura.

Una extraña emoción me sacudió con violencia de la cabeza a los pies. Había oído historias de hombres que enloquecen de repentino amor cuando contemplan ciertos rostros y cuerpos. En mi caso, jamás había experimentado semejante pasión, un ardor tan incontrolable como el que aquella mujer me inspiró inmediatamente. Parecía como si la hubiese amado toda la vida sin saber que ella era el objeto de mi pasión, incapaz de determinar la naturaleza de mis sentimientos ni de gobernarlos hacia un propósito definido.

No era excesivamente alta, pero sus proporciones manifestaban una pureza tan exquisita como voluptuosa. El azul de sus ojos era zafiro oscuro, de una profundidad en cuyos suaves abismos estivales el alma no dudaría sumergirse. El contorno de sus labios guardaba el permanente enigma, la tristeza y la honda ternura de los labios de una Venus clásica. El pelo, más bien castaño, descendía sobre su cuello y frente en deliciosos bucles, aprisionados por una austera cinta de plata. Su expresión manifestaba una mezcla de orgullo y libídine, de autoridad imperiosa y complacencia femenina. Sus ademanes eran tan ágiles y sin esfuerzo aparente como los de una serpiente.

—Sabía que vendrías —murmuró suavemente en el mismo griego ático de sus siervas—. Hacía mucho que te aguardaba, mas cuando buscabas refugio en la abadía y viste el manuscrito en el cajón secreto, comprendí que la hora de nuestro encuentro estaba muy próxima. ¡Ah, no te equivocas, fue el hechizo de mi belleza, la mágica atracción de mi amor, lo que te atrajo con un poder tan irresistible!

—¿Quién eres? —pregunté en el acto en un griego que, una hora antes, me habría dejado totalmente estupefacto. Pero ahora estaba dispuesto a aceptar cualquier cosa, por muy fantástica o absurda que fuese, como parte de aquella milagrosa dicha, la increíble aventura que me acontecía.

—Me llamo Nicea —respondió—. Te amo, y la hospitalidad de mi palacio y mis brazos están a tu entera disposición. ¿Qué otra cosa necesitas saber?

Las esclavas se habían marchado. Me coloqué al lado del diván y besé la mano que me ofrecía. Le declaré mi amor de un modo indudablemente incoherente, mas tan lleno de pasión que la hice sonreír de ternura. Mis labios notaron la frialdad de su mano, pero el mero contacto me incendió la pasión. Me senté a su lado en el diván sin que ella protestase ante aquellas familiaridades. Al compás de un tenue crepúsculo que comenzó a llenar los rincones de la estancia, conversamos animadamente, repitiéndonos una y otra vez las absurdas y dulces letanías, las ingenuas nimiedades que pronuncian los labios de los amantes. La notaba increíblemente suave entre mis brazos, como si toda su complacencia hubiese hecho desaparecer los huesos de su hermoso cuerpo.

Las siervas entraron sin hacer ruido y encendieron unas

lámparas de oro ricamente labrado; depositaron frente a nosotros una fuente con alimentos condimentados, fruta cuyo sabor
me resultaba desconocido y vino con mucho cuerpo. Ahora
bien, apenas si podía comer y, mientras tomaba el vino de los
labios de Nicea, no recuerdo cuándo nos quedamos dormidos,
pero la noche había aparecido como un delicado hechizo. Ahíto
de felicidad, me arrastró una sedosa marea de somnolencia; las
lámparas doradas y el rostro de Nicea se desfiguraron tras una
borrosa neblina, y ya no las pude ver.

De repente, desde las profundidades de un sopor que tras-
ciende todos los sueños, me sentí totalmente despierto. Durante
unos momentos apenas me percaté de dónde me encontraba, y
todavía menos qué me había despertado. Entonces oí unas pisadas a la entrada de la habitación y, mirando a través de la cabeza dormida de Nicea, a la luz de la lámpara divisé al abad
Hilaire, que se había detenido justo en el umbral. Cuando me
vio, el horror más absoluto se plasmó en su expresión. Comenzó a farfullar en latín, en un tono que fusionaba el miedo
con la repulsa y el odio más fanáticos. Reparé que entre sus manos portaba una botella grande y un hisopo. Estaba seguro de
que la botella contenía agua bendita y, por supuesto, sabía para
qué la había traído.

Nicea también estaba despierta y consciente de la presencia
del abad. Me dedicó una peculiar sonrisa en la que entreví una
afectada compasión mezclada con la serenidad que una mujer
ofrece a un niño asustado.

—No temas por mí —me susurró.

—¡Vampiro inmundo! ¡Lamia maldita! ¡Serpiente del averno! —tronó el abad de repente, al tiempo que hacía el signo de
la cruz en el umbral y alzaba bien alto el hisopo.

En ese instante, Nicea se deslizó del diván con increíble
presteza y desapareció por una puerta que daba al bosque de
laureles. Percibí su voz en mis oídos como si la escuchara desde
una inmensa lejanía:

—Adiós por un tiempo, amado Christophe. Pero no temas.
Con paciencia y valentía, me encontrarás de nuevo.

Cuando se hizo el silencio en mi cabeza, el agua bendita del hisopo cayó sobre el suelo de la estancia y sobre el diván en el que había yacido con mi amada Nicea. Se oyó un estruendo como de mil truenos a la vez, las lámparas se extinguieron y todo pareció sumirse una oscuridad polvorienta y lluviosa. Me desvanecí; cuando recuperé el conocimiento, me encontré tendido sobre un montón de escombros en una de las criptas por las que había pasado aquella tarde. Sosteniendo una vela y con una cara llena de interés y compasión, Hilaire estaba inmóvil delante de mí. Al lado tenía la botella y el hisopo.

—Gracias a Dios que os encontré a tiempo, hijo mío —dijo—. Al regresar a la abadía y enterarme de que habíais salido imaginé lo que pasaba. Tenía la certeza de que habíais leído el manuscrito prohibido aprovechando mi ausencia, y que habíais caído bajo su maléfico influjo, como les ha sucedido a tantos otros desdichados, incluso a un reverendo abad, uno de mis predecesores. Todos ellos, cientos de años atrás, siguiendo la estela de Gerard de Venteillon, han sido víctimas de la lamia que mora en estas criptas.

—¿La lamia? —inquirí sin apenas comprender lo que me estaba explicando.

—Sí, hijo mío, la bella Nicea en cuyos brazos yacisteis esta noche es una lamia, un antiquísimo vampiro que mantiene en estas hediondas criptas su palacete de ilusiones idílicas. Nadie sabe cómo llegó hasta aquí e hizo de Faussesflammes su hogar, puesto que su llegada es anterior a la memoria de los hombres. Es tan vieja como el paganismo; los antiguos griegos la conocían; Apolonio de Tiana le lanzó un exorcismo y, si pudierais verla como es en realidad, descubriríais las formas impías y horrendas de una serpiente en lugar de su sensual cuerpo. Al final sorbe la vitalidad de todos los que admite en su morada con besos y demás prácticas diabólicas, y termina por devorarlos. La llanura con el bosque de laureles, el río flanqueado por las encinas, el palacete de mármol, todo el lujo de su interior, no eran sino satánicas alucinaciones, un bello espejismo surgido del polvo y el moho de la muerte inmemorial. Todo aquello se desvaneció al contacto con el agua bendita que traje conmigo cuando os seguí. Pero Nicea pudo escapar, y me temo que busque otro lugar para erigir su palacete de hechizos demoniacos, para llevar a cabo una y otra vez sus abominables prácticas.

Todavía afectado por las sensaciones de mi experiencia con Nicea, no podía creer del todo las revelaciones de Hilaire. Sin embargo, lo seguí obedientemente por las criptas de Faussesflammes. Subimos la escalera por la que había descendido y, cerca del final, con un poco de esfuerzo, apartó la losa que cubría la entrada. Nos recibió el reflejo plateado de la luna. Salimos al patio y me dejé conducir hasta el monasterio.

A medida que se me fue despejando el cerebro y toda la confusión en que me había sumido, me invadió un profundo resentimiento, un intenso furor por la intervención de Hilaire. Sin importarme lo más mínimo que me hubiese rescatado de peligros físicos y espirituales, lamenté la pérdida del sueño del que me había arrancado. Mis recuerdos ardían con los besos de Nicea: mujer, serpiente o demonio, nadie en el mundo me podría despertar un amor y un goce como aquellos. Ahora bien, procuré por todos los medios ocultar mis sentimientos al abad, consciente de que, si se los revelase, me trataría como un alma a la que redimir.

A la mañana siguiente, alegando la necesidad de regresar al hogar paterno, abandoné Perigon. Ahora, en la biblioteca de mi padre, cerca de Moulins, pongo por escrito todos aquellos acontecimientos. El recuerdo de Nicea se perpetúa mágicamente nítido, infinitamente próximo como si ella aún siguiera a mi lado y viera los ornamentos de la estancia a medianoche, en una sala iluminada por lámparas labradas en oro. Y todavía sigo oyendo las palabras que musitó antes de despedirse: "Adiós por un tiempo. Pero no temas. Con paciencia y valentía, me encontrarás de nuevo".

No tardaré en visitar de nuevo las ruinas del castillo de Faussesflammes; volveré a bajar a las criptas bajo la losa triangular. Pero, pese a la proximidad de Perigon, pese a mi estima por el abad Hilaire, mi gratitud por dejarme consultar su inigualable biblioteca, no pensaré en volver a visitarlo.

[1930]

# A Klarkash-Ton, Señor de Averoigne

*escrito por H.P. Lovecraft*
*traducido por Jose María Nebreda*

Una negra torre descolla entre tenues bancos de nubes
Alrededor un inmaculado, opresivo bosque.
Sombra y silencio, moho y putrefacción, una mortaja
Gris sobre antiguas lápidas hace tiempo desmoronadas;
Ningún pie ha hollado, ningún trino ha despertado
La mortal soledad de esta noche eterna,
Pero a veces se agita el aire con tembloroso bullir
Cuando en la torre brilla un mortecino destello.

Aquí, en soledad, mora aquel cuyas manos han trazado
Extrañas obras que estremecen al mundo;
En espantosos, indescifrables jeroglíficos ha revelado
Lo que acecha más allá de los abismos estelares.
Oscuro Señor de Averoigne tus ventanas se abren
A ensoñaciones que ningún otro puede acoger.

[1938]

# EL OTRO FINAL DE "EL SÁTIRO"

(Clark Ashton Smith finalizó "El sátiro", su segunda historia enmarcada en el entorno de Averoigne, a comienzos de la primavera de 1930. Los manuscritos de la colección de documentos de Smith de la Brown University atestiguan que había escrito una primera versión del final de esta historia distinta de la que definitivamente se publicó. A continuación se reproduce esta primera variante; corresponde a los tres últimos párrafos de la historia publicada [Genius Loci].

Se ignora si Smith reescribió la primera conclusión desde una perspectiva comercial, teniendo en cuenta la naturaleza sexual de la última escena. - Steve Behrends)

En: The Dark Eidolon 3, 1993, Necronomicon Press.

YACÍAN ABRAZADOS en un lecho de musgo dorado sobre el que incidían los rayos del sol, filtrados a través de un resquicio de la enramada, cuando Raoul los encontró.

Ni lo vieron ni oyeron venir; y la primera intuición de su llegada, y también la última, fue el acero que traspasó el cuerpo de Olivier hasta hendir el pecho de Adele, que gimió y retorció el cuerpo de su amado con sus propias convulsiones. Raoul retiró el estoque y, esta vez, ensartó directamente a su esposa. Así, con la vaga impresión de haberse vengado de la afrenta, con la amarga y confusa sensación, la aturdida y triste pregunta de qué había sucedido, se quedó mirando a sus víctimas. Yacían completamente inmóviles, cual pareja asesinada por ser sorprendida en flagrante adulterio. No se oía el menor murmullo, el menor movimiento, en el solitario bosque donde ni siquiera los más osados se adentraban. Por eso, el señor conde se sorprendió más allá de lo concebible cuando percibió las carcajadas inhumanas, malignas, diabólicas, que emergieron entre las ramas de los alisos.

Empuñó su ensangrentado estoque en lo alto y miró hacia la espesura, pero no consiguió ver nada. Cesaron las carcajadas y cayó un pesado silencio. Se persignó y retrocedió todo lo deprisa que pudo el sendero por el que había penetrado en el bosque.

# Sobre el Autor

**Clark Ashton Smith** (1893-1961) fue poeta, escultor, pintor y escritor de cuentos de fantasía, terror y ciencia ficción. Debe su fama principalmente a su obra literaria y a la amistad que compartió con Lovecraft entre 1922 y 1937, año en que Lovecraft murió; durante ese período participó en *Los Mitos de Cthulhu*. Smith, H. P. Lovecraft y Robert E. Howard fueron los colaboradores más importantes en *Weird Tales*, una de las revistas más populares para aficionados a los géneros de fantasía y terror.

www.ingramcontent.com/pod-product-compliance
Lightning Source LLC
Chambersburg PA
CBHW070305120726
47910CB00007B/2373